湖畔诗文丛刊

威廉·布莱克诗歌译评

王艳霞 著

中国书籍出版社
China Book Press

图书在版编目（CIP）数据

威廉·布莱克诗歌译评/王艳霞著.—北京：中国书籍出版社，2020.2

ISBN 978－7－5068－7811－1

Ⅰ.①威…　Ⅱ.①王…　Ⅲ.①布莱克（Blake William 1757－1827）—诗歌—文学翻译—对比研究②布莱克（Blake William 1757－1827）—诗歌评论　Ⅳ.①I561.24②I561.072

中国版本图书馆 CIP 数据核字（2020）第 028921 号

威廉·布莱克诗歌译评

王艳霞　著

责任编辑	袁家乐　李雯璐
责任印制	孙马飞　马　芝
封面设计	中联华文
出版发行	中国书籍出版社
地　　址	北京市丰台区三路居路 97 号（邮编：100073）
电　　话	（010）52257143（总编室）　　（010）52257140（发行部）
电子邮箱	eo@chinabp.com.cn
经　　销	全国新华书店
印　　刷	三河市华东印刷有限公司
开　　本	710 毫米×1000 毫米　1/16
字　　数	244 千字
印　　张	16.5
版　　次	2020 年 2 月第 1 版　2020 年 2 月第 1 次印刷
书　　号	ISBN 978－7－5068－7811－1
定　　价	95.00 元

版权所有　翻印必究

目 录
CONTENTS

诗的描述 ·· 1

　春之咏 ·· 2

　夏之咏 ·· 8

　秋之咏 ··· 14

　冬之咏 ··· 21

　晚星之咏 ·· 25

　黎明之咏 ·· 31

　美丽的爱莉诺 ·· 36

　歌 ··· 42

　歌 ··· 45

　歌 ··· 48

　歌 ··· 51

　歌 ··· 53

　疯狂之歌 ·· 56

　歌 ··· 59

1

歌 62

致缪斯 65

葛文，挪威王 74

捉迷藏 87

给英国人的战歌 93

天真与经验之歌 96

序诗 97

荡着回声的草地 101

羔羊 105

牧羊人 108

婴儿的欢乐 111

小黑孩儿 113

欢笑歌 118

春天 122

摇篮曲 126

保姆之歌 130

升天节 132

花儿 135

扫烟囱的小孩 138

神的形象 142

夜 147

一个梦 153

别人的悲伤 157

小男孩迷路了 160

小男孩找到了 …………………………………… 162
序诗 ………………………………………………… 164
大地的回答 ………………………………………… 168
保姆之歌 …………………………………………… 172
飞蝇 ………………………………………………… 175
老虎 ………………………………………………… 178
小女孩迷路了 ……………………………………… 185
小女孩找到了 ……………………………………… 191
泥块与卵石 ………………………………………… 195
小流浪者 …………………………………………… 198
升天节 ……………………………………………… 200
一棵毒树 …………………………………………… 202
天使 ………………………………………………… 205
病玫瑰 ……………………………………………… 207
致得撒 ……………………………………………… 209
古吟游诗人的声音 ………………………………… 212
我可爱的玫瑰树 …………………………………… 214
啊！向日葵 ………………………………………… 215
百合花 ……………………………………………… 217
爱的花园 …………………………………………… 219
迷途的小男孩 ……………………………………… 222
婴儿的悲哀 ………………………………………… 225
男学童 ……………………………………………… 227
伦敦 ………………………………………………… 231
迷途的小女孩 ……………………………………… 234

扫烟囱的小孩 ………………………………… 237
　　人的抽象观念 ………………………………… 240

手稿诗选 …………………………………………… 243
　　决不要试图表白你的爱情 …………………… 244
　　天真的预言 …………………………………… 245

布莱克为《天真之歌》与《经验之歌》所作插画选 ……… 246

参考文献 …………………………………………… 250

后　记 ……………………………………………… 253

诗的描述

Poetical Sketches

(1783)

Miscellaneous Poems

To Spring

O thou with dewy locks, who lookest[1] down
Thro'[2] the clear windows of the morning, turn
'Thine[3] angel eyes upon our western isle,
Which in full choir hails thy[4] approach, O Spring!

The hills tell each other, and the list'ning[5]
Valleys hear; all our longing eyes are turnèd[6]
Up to thy bright pavilions[7] : issue forth
And let thy holy feet visit our clime[8].

Come o'er[9] the eastern hills, and let our winds
Kiss thy perfumèd garments[10] ; let us taste
Thy morn[11] and evening breath; scatter thy pearls
Upon our love – sick land that mourns for thee.

O deck[12] her forth with thy fair fingers; pour

Thy soft kisses on her bosom; and put

Thy golden crown upon her languish'd[13] head,

Whose modest tresses[14] were bound up for thee.

【注释】

1. lookest: look, 古英语第二人称单数后加 -st 或 -est。thou: you（主格）的古体。locks:（复数）头发。

2. Thro': through。

3. thine: 用于以元音开头的单词前，相当于 thy, your 的古体。

4. thy: your 的古体。

5. list'ning: listening。

6. turnèd: turned。

7. pavilion: 帐篷。

8. clime: 土地。

9. o'er: over。

10. garment: 衣服，衣装。

11. morn:（古英语）早晨，黎明。

12. deck: 装饰，打扮。

13. languish'd: languished 憔悴，凋萎。

14. tress: 头发（尤指女人或女孩者）。

【译文】

春之咏

哦，你披着沾露的鬈发，透过一扇扇

明净晨窗俯瞰，请把你天使般的双眸
转向我们西部的岛屿，
那儿齐声合唱欢呼你的到来，啊春天！

群山相告，山谷凝神
细听；我们所有企盼的眼睛
仰望你明丽的帐篷：出来吧，
迈动你神圣的双足，踏阅我们的土地。

请攀上东部的山岭，让我们的风
亲吻你芬芳的衣裳；让我们感染
你黎明和傍晚的气息；把你的珍珠
撒在我们那为你哀叹、害相思的土地。

哦，用你的纤指将她装扮；
把你的轻吻倾洒在她的胸脯；
把你的金冠戴上她软垂的头，
她处女的发辫已为你扎起。

【评析】

　　第1节第2行"the clear windows of the morning"有点难解。为什么是多扇窗，而不是一扇窗？张炽恒、穆旦的译文回避了这个问题，分别译为"明净晨窗"和"早晨的明窗"。我因为不解，所以特意照原文直译为："一扇扇明净晨窗。"如果一扇窗代表一个方位，那么诗人祈求春天尽快把目光投向西窗，投向西部的岛屿。第2节第2行中的"valleys"一词兼有山谷、河谷之意，因为前文提到"hills"，所以译作"山谷"。第3行中"pavilions"意为"帐篷"。穆旦译作"天幕"，很自然，但后面紧接着有"出来吧"的吁请，春天"从天幕里出来"，好像不合适。结合前文的"晨窗"和后文的"出来吧",还是译为"帐篷"比较合适。张、穆的第3节译诗中:"让我们品尝/你清晨和黄昏的呼吸","让我们尝到/你的晨昏的呼吸","品尝……呼吸"和"尝到……呼吸"动宾词组搭配不当,我改译为"感染……气息"。诗歌最后一行中"modest"的常用义是"谦虚的,谦逊的,不过分的",也指女人穿衣得体,不引起别人的非分之想,或者不淫荡。(of a woman) dressing or behaving so as to avoid impropriety or indecency, especially to avoid attracting sexual attention; reserved in sexual matters. "Tress"指女人或女孩的头发。穆旦把"modest tresses"译为"处女的发辫",联系上文"害相思的土地"以及"亲吻她的胸脯",合情合理,予以保留。

  与托马斯·纳什(Thomas Nash)的《春》相对照,我们不难看出布莱克《春之咏》的特点。纳什的诗写于1600年,是《夏天的最后的遗嘱》一剧中的一首,比布莱克的《春之咏》早了一二百年。纳什极力描绘春天的盎然生机,呈献给我们一派春景:万物吐芳,百鸟欢歌,漫山遍野的榆树、山楂,馨香的田野,田野上的雏菊。春景里有人、有动物在活动:姑娘们翩翩起舞,羊羔欢欣雀跃,小鸟歌唱,牧童吹笛,情人相会,老妇人在阳光里憩坐。诗中充满色彩、声音与感觉(轻寒不袭人)。纳什的诗主要描写春天给万物带来的喜悦心情与生命活力,写的是春之美、春之乐。布莱克的《春之咏》主要写大地渴春、盼春的迫切心情。它展现的不是已然来临的春天,而是还未来临的春天。诗中没有迷人的春色,有的却是"哀叹、害相思的土地"和"软垂的头"。布莱克把春天想象成一位神女,有着沾露的鬈发、天使般的眼睛、芬芳的衣裳,十指纤纤。她高居天上,卑微的大地只能对她顶礼膜拜,为她苦苦相思,只能祈求她的爱,她的恩赐。有意思的是,大地也是女性,是位姑娘,可见春天的魅力有多大。在布莱克笔下,春天不仅给万物带来勃勃生机,更给它们带来渴望的爱情。1783年,布莱克26岁,他的朋友们合资为他印刷了《诗的素描》。在诗集前言部分一个负责此事的朋友敬告读者:此书出自"一位从未受过正规教育的青年之手。这些诗歌是他12岁至20岁年间断断续续写成的作品。此后,他的才华都被用于获取他那个行当的精湛手艺，无暇对这些诗作进行必要的修改，以入公众的法眼"①。话虽如此，诗集中的作品绝非生涩之作。在开篇一首《春之咏》里，布莱克出手不凡，用拟人的手法把抽象的概念"春"与"大地"形象化了，分别塑造成神女和思春少女（"她处女的发辫已为你扎起"又好像在暗示，大地是位待嫁的新娘）。全诗富于瑰丽的想象和神话色彩。这首诗虽然有点性别错位，但这种反常或荒谬正是它的魅力所在，也是读者能够接受的。我们宁可相信春天是位神女，大地是个怀春少女。在此诗中，人的审美需求似乎和常识发生了矛盾。我们或许可以理解为，布莱克对人与人之间可能的关系进行了探讨。

这首诗的叙述也很有特点。诗中的声音性别不详，它替大地说话，说出少女心中的隐秘。科诺莉（Tristanne Connolly）认为讲话人代表的是大地上的芸芸众生，代表的是大家的愿望，所以没必要指明性别。②大地的性别很清楚，因为诗人明确地用"她"指代大地。唯一有争议的是此诗中"春天"的性别，因为诗人并未明确指出。男子也可以有"沾露的鬈发、天使般的眼睛、芬芳的衣裳、纤细的手指"。希尔顿（Nelson Hilton）走得更远，他说诗中的"珍珠"暗示男性的精液。③此说不无道理，但我倾向于认为诗中的春天是女神，是爱与美的化身。只有女神才知道如何把少女打扮得漂漂亮亮，也最能理解少女情怀。春天、早晨、大地，女神、少女，赏心悦目而又充满柔情。一个含情脉脉、焦急等待，一个左顾右盼、迟迟不肯现身。无论怎样理解都不可否认，诗中的意象充满肉体的质感，像《圣经》中的《雅歌》。

六年后，1789 年，在自写自刻的第一本诗集《天真之歌》里，布莱克又以"春"为题写了一首诗，其内容、风格与《春之咏》截然不同。可以对照阅读。《春之咏》写的是少女情怀，其句式和用词比《天真之歌》里的《春

---

① Carl Woodring and James Shapiro, The Columbia History of British Poetry, Beijing: Foreign Language Teaching and Research Press, 2004, p. 327.
② P. Helen Bruder, ed., Women Reading William Blake, New York: Palgrave Macmillan, 2007, p. 30.
③ P. Helen Bruder, ed., Women Reading William Blake, New York: Palgrave Macmillan, 2007, p. 30.

天》复杂得多，虽然不押韵，但形式讲究。比如沃夫森（Susan J. Wolfson）就提醒我们注意第二行末的"turn"一词，说它是意义与形式的美妙结合。①"turn"是"转动，转变方向"的意思。诗句行进到此处突然停下，开始转入下一行，读者的思绪也暂停，这就彰显了"turn"的意义，表达了大地恳求春天光顾的真挚、急切的心情。沃夫森说这是布莱克在操纵读者的动作，因为读到"turn"时，读者的眼睛被迫转到下一行，做出这个词要求读者做的动作。②

附录：

Spring, the Sweet Spring

Spring, the sweet spring, is the year's pleasant king,

Then blooms each thing, then maids dance in a ring,

Cold doth not sting, the pretty birds do sing:

Cuckoo, jug – jug, pu – we, to – witta – woo!

The palm and may make country houses gay,

Lambs frisk and play, the shepherds pipe all day,

And we hear aye birds tune this merry lay:

Cuckoo, jug – jug, pu – we, to – witta woo.

The fields breathe sweet, the daisies kiss our feet,

Young lovers meet, old wives a – sunning sit,

In every street these tunes our ears do greet:

---

① Nicholas M. Williams, ed., Palgrave Advances in William Blake Studies, New York: Palgrave Macmillan, 2006, p. 81.
② Morris Eaves, ed., The Cambridge Companion to William Blake, New York: Cambridge University Press, 2002, p. 70.

Cuckoo, jug – jug, pu – we, to – witta – woo!
Spring, the sweet spring!
—By Thomas Nashe (1567—1601)

To Summer

O thou who passest thro' our valleys in
Thy strength, curb thy fierce steeds, allay[1] the heat
That flames from their large nostrils! Thou, O Summer,
Oft pitched'st[2] here thy golden tent, and oft
Beneath our oaks hast slept, while we beheld[3]
With joy thy ruddy[4] limbs and flourishing hair.

Beneath our thickest shades we oft have heard
Thy voice, when noon upon his fervid[5] car
Rode o'er the deep of heaven; beside our springs
Sit down, and in our mossy valleys, on
Some bank beside a river clear, throw thy
Silk draperies[6] off, and rush into the stream:
Our valleys love the Summer in his pride.

Our bards are fam'd who strike the silver wire;
Our youth are bolder than the southern swains;
Our maidens fairer in the sprightly dance.
We lack not songs, nor instruments of joy,
Nor echoes sweet, nor waters clear as heaven,
Nor laurel wreaths against the sultry heat.

【注释】

1. allay：减轻，使缓和。
2. pitched'st：pitched，古英语第二人称单数后加 – st 或 – est。原形 pitch：搭帐篷。
3. beheld：原形 behold，看到，注视。
4. ruddy：红的，红润的。
5. fervid：燃烧的，炽热的。
6. drapery：布料。

【译文】

夏之咏

你啊，以强力穿越我们的河谷，
请勒住你的烈马，让它们阔大的鼻孔
少喷出些灼热火焰！你啊，夏天，
原本常常在此搭起金色帐篷，常常
酣眠在我们的橡树下，那时我们欣喜地
看到你红润的肢体和茂盛的头发。

当正午乘火辇在高远的天空飞驰，
在最浓密的树荫下，我们时常能听见
你的声音。在我们的泉边
坐下吧，在我们苔藓青青的河谷，某个
傍依清澈河水的堤岸上，抛掉你的
丝衫，跃进潺潺流水：
我们的河谷爱盛夏。

我们的行吟诗人拨弄银色琴弦大名远扬；
我们的小伙谈情大胆赛过南方的郎；
我们的少女跳起轻快的舞蹈最娇美。
我们不缺欢歌和欢快的乐器，
不缺甜美的回音和天空般纯净的水，
还有那月桂花冠将酷热抵挡。

【评析】

第1节第1句诗穆旦译为"你有力地驰过我们的河谷"。"有力地驰过"不通，说人驰过亦不通。所以主要采用张炽恒的译文"以强力穿过"（"你呵，以强力穿过我们的溪谷"）。"the heat / That flames from their large nos-trils"，里面的"flames"意为"燃烧、发出火焰"，译成"灼热的鼻息"（张炽恒）或者"太热的鼻息"（穆旦）显得平淡，所以译为"灼热火焰"。因为下文提到"a river clear"，所以将"valleys"译为"河谷"。第4行"pitched'st"是过去式，时态有变化（前面用一般现在时），穆旦译作"本来常常"（"你本来常常在这儿支起金幕"），细致、准确。第2节第1行"our thickest shades"中的形容词用了最高级，张炽恒和穆旦的译文"浓密的绿荫"（"在浓密的绿荫下"）和"浓荫"（"我们在浓荫下常可以听到"）没有体现出来，改译为"最浓密的树荫"。第2节第2行中"fervid car"穆旦译为"火辇"（"当正午驾着火辇驶过天空"），很简洁。

在此诗中，夏天被比拟成一位男神，或者说健壮的男子，有着红润的肢体和茂盛的头发，精力充沛而又懒散，一个人逍遥自在、随遇而安，没有什么心事。这首诗画面感很强，有情节：夏天正驱驰一群烈马穿过河谷，诗人（他代表群体的声音）请求夏天在此驻足。理由是夏天以前来过这里，这次何妨旧地重游。夏天像一个远道而来的客人，淳朴的人们怀着善意与惊奇打量他："我们欣喜地/看到你红润的肢体和茂盛的头发。"如果说《春之咏》把春天描绘成女神，能给大地带来生机与爱情，人们只能祈求她的光临，那

9

么《夏之咏》中人的地位与夏天几近平等。诗人盛赞家乡人与家乡的美景，对夏天盛情相邀，不无幽默地说："还有那月桂花冠将酷热抵挡。"人们充满诚意，甚至对夏天极力诱惑，怂恿夏天宽衣解带、跳进潺潺流水，理由是"我们的河谷爱盛夏"。

　　这首诗有些地方不好理解。在诗的头三行诗人请求说"请勒住你的烈马，让它们阔大的鼻孔/少喷出些灼热火焰！"接下来似乎应该抱怨夏天太热，可是从第四行开始，诗人转入回忆，回忆从前夏天经常在此搭起金色帐篷，经常在此酣眠。"金色帐篷"暗示以前的夏天虽然热，但可以忍受，不像现在，烈马的鼻孔里喷射出灼热的火焰。然而在第2节诗里，浓密的树荫、泉水、苔藓青青的河谷、清澈的河水都在说明今年的夏天很凉爽。最后一句"我们的河谷爱盛夏"就很奇怪，既然爱盛夏，又为什么请求"让它们阔大的鼻孔/少喷出些灼热火焰"？似乎只有一种解释，那就是这首诗写的是从春天向夏天的转换。"苔藓青青的河谷"呈现的是春末的景象，诗人盼望盛夏尽快到来，又不希望夏天太热，心情急切又有一点矛盾。

　　第3节诗好像一个导游在夸赞当地人杰地灵。值得注意的是它谈到了诗人。最奇怪的是最后一句，"还有那月桂花冠将酷热抵挡"。月桂花冠传统上是献给诗人的奖品，象征诗歌的威力。它似乎在说，诗歌可以用来缓解夏季的炎热，给人们带来凉爽，或者在说，诗歌具有魔力，能够驯服夏天，可以赋予夏天各种风貌，也可以像诗中所写，给夏天催眠，让他乖乖地在树荫下睡觉。如果说以前的诗歌可以做到这点的话，那么布莱克相信他的这首诗也同样可以做到，他可以随心所欲地在诗中控制夏天。评论家威廉·里奇（William Richey）认为，诗中夏天的形象"红润的肢体""茂盛的头发"以及"喷发火焰的马"表明，布莱克在模仿希腊神话中司掌诗歌与艺术之神的阿波罗的形象，所以诗人企盼夏天的来临，就是在吁请诗歌灵感的光顾，而且他对诗歌的发展前景很乐观："我们的行吟诗人拨弄银色琴弦大名远扬；/我们的小伙谈情大胆赛过南方的郎；/我们的少女跳起轻快的舞蹈最娇美。/我们不缺欢歌和欢快的乐器，/不缺甜美的回音和天空般纯净的水，/还有那月桂花冠将酷热抵挡。"曾经产生过乔叟、莎士比亚、弥尔顿的土地如今也不缺少继承诗歌传统的勇敢的年轻人。英格兰值得夏天惠顾，它也有勇气与前辈诗人或南方诗人取得的成就相媲美。① 如果把《春之咏》《夏之咏》两首诗中的地点理解为布莱克的家乡英格兰，那么布莱克就是在预言，他预言英格兰将迎来诗歌的春天与夏天。

詹姆斯·汤姆生（James Thomson）的《季节》作于1730年，早于布莱克的《诗的素描》几近60年。汤姆生诗里的夏天也被拟人化了，也以男神的形象出现，是"太阳之子"。但是在汤姆生笔下，夏天的特质很清晰，他带来灿烂的光辉和炎热，他自己自然不怕热，也清楚自己的使命，直奔酷热的领土栖息。可是布莱克的夏天却很奇特，不易理解。从诗的开头诗人请求夏天勒住烈马以减轻炎热来看，炎热应该因夏天而起，可是夏天自己却贪图凉爽，躲在金帐篷里，躲在橡树底下，躲在最浓密的树荫下。诗人对夏天最具诱惑力的言辞是让他跃进潺潺碧波。他整日懒散地四处游荡，随心所欲，不负任何责任。可是人们偏偏喜欢这样一个夏天，对他极力挽留。汤姆生的夏天是高高在上、远离人烟的神，让人难以产生亲近感，所以春天躲避他。布莱克的夏天与大地是互相需求的关系，夏天想要欢娱、舒适和凉爽，大地上的溪流想要热烘烘的阳气。或许也可以说，夏天的魅力不在于他带来的烈日炎炎（"我们的小伙谈情大胆赛过南方的郎"暗示这是北方，夏季并不十分炎热），而在于他的自由精神，在于他能享受眼前的快乐，洒脱自如，不为任何事物所羁绊的秉性。

总之，布莱克的夏天令人迷惑不解却又着迷。查尔斯·西米克（Charles Simic）认为，在诗歌创作中，"审美体验第一，真实其次。一首诗，如果是好诗，首先是一种审美体验，在这种体验中读者不会急于分解和抽象其意义"②。布莱克的诗就是这样，人们首先获得的是一种审美体验，意欲分解和抽象其意义往往不可得。

---

① William Richey, Blake's Altering Aesthetic, Columbia, Mo.: University of Missouri Press, 1996, p. 31.
② Michael Hulse, Charles Simic in Conversation with Michael Hulse, London: BTL, 2002, p. 40.

11

附录：

The Seasons: Summer

(excerpt)

From brightening fields of ether fair – disclos'd,

Child of the sun, refulgent Summer comes,

In pride of youth, and felt through nature's depth:

He comes, attended by the sultry Hours

And ever – fanning Breezes, on his way;

While, from his ardent look, the turning Spring

Averts her blushful face; and earth and skies,

All – smiling, to his hot dominion leaves.

——By James Thomson (1700—1748)

《季节》

（节选）

从放晴的苍穹，

太阳之子，灿烂的夏天走来，

他正当青春华年，自然万物都受之感染：

他来了，炎热的时日陪伴身旁，

一路微风习习；

可是春天，却闪避他灼人的目光，

扭转羞红的脸；他离开大地和天空，

走向自己酷热的领土，他们微笑不语。

——詹姆斯·汤姆生（1700—1748）作

To Autumn

O Autumn, laden with[1] fruit, and stainèd
With the blood of the grape, pass not, but sit
Beneath my shady roof; there thou may'st rest,
And tune thy jolly voice to my fresh pipe,
And all the daughters of the year shall dance!
Sing now the lusty[2] song of fruits and flowers.

'The narrow bud opens her beauties to
The sun, and love runs in her thrilling veins;
Blossoms hang round the brows of Morning, and
Flourish down the bright cheek of modest Eve,
Till clust'ring[3] Summer breaks forth into singing,
And feather'd clouds strew flowers round her head.

The spirits of the air live on the smells
Of fruit; and Joy, with pinions[4] light, roves round
The gardens, or sits singing in the trees.'
Thus sang the jolly Autumn as he sat;
Then rose, girded[5] himself, and o'er the bleak
Hills fled from our sight; but left his golden load.

【注释】

1. laden with: 满载。stainèd: 染污, 玷污。
2. lusty: 健壮的, 精力充沛的。
3. cluster: 丛生, 成群。
4. pinion: (诗) 翼, 翅。rove: 漫游, 漂泊。
5. gird: 以带等系紧, 束以带。

【译文】

秋之咏

喂,秋天,你满载果实,还沾染着
葡萄汁,不要走开,请到我
遮阴的檐下坐坐,你可以歇歇脚,
合着我清脆的笛声欢快地唱吟,
这一年孕育出的所有女儿都要跳舞!
唱一曲关于果实与花朵的活力充沛的歌吧。

"瘦小的花苞向太阳绽放
她的娇美,爱情在她周身涌流;
花朵悬绕在黎明的额头,
直垂到羞怯的黄昏放光的脸颊,
于是繁茂的夏季迸发出歌声,
披羽的云彩在她头上撒满花朵。

大气中的精灵以果实的芬芳
为食;欢乐则舒展轻盈的羽翼,
绕花园漫游,或落在树梢唱歌。"
快乐的秋坐在那儿这样唱着;
然后起身,束紧腰带,翻过苍凉的群山
逃出我们的视野;可他遗落了金色的担子。

【评析】

诗的开头原文是"stained / With the blood of the grape",张炽恒、穆旦分

别直译为"染着葡萄的/血色"和"又深染着/葡萄的血"。我的译文是"还沾染着/葡萄汁"。据《圣经》旧约创世记（Genesis）第 49 章记载，雅各在临死前把儿子们召唤到床前预言他们的未来，雅各对犹大（Judah）的预言是"Binding his foal unto the vine, and his ass's colt unto the choice vine; he washed his garments in wine, and his clothes in the blood of grapes"（犹大把小驴拴在葡萄树上，把驴驹拴在美好的葡萄树上。他在葡萄酒中洗了衣服，在葡萄汁中洗了袍褂）。葡萄树干并不坚实，通常农家不会把驴拴在葡萄树上，但这里是说犹大的葡萄树壮大，可以拴驴，且可任其吃葡萄叶和果实，因为出产太丰富了。"在葡萄酒中洗了衣服，在葡萄汁中洗了袍褂"，表明葡萄产量丰盈有余，不仅可供饮用，甚至还可以在酒和汁液中洗衣服。这是一幅果实累累、收成大好的景象，预言犹大支派将来的富庶生活。"驴"象征劳苦服役，"葡萄树"象征基督旺盛的生命，"驴拴在葡萄树上"象征住在主里面①，享受安息。本节表明没有劳苦，却有丰厚的享受；没有汗流满面，却有酒香满怀。将"the blood of the grape"直译成"葡萄的血色"或"葡萄的血"令人费解，太刺眼，好像犯了命案，和前文"laden with fruit"（满载果实）不搭调，和下文的欢歌、热舞更不和谐。前两行诗实际是写秋天果实满筐的景象，所以我跟从圣经，译成"葡萄汁"，意思是说葡萄大丰收，连秋天的身上都沾染了葡萄汁。布莱克的这两行诗和圣经有契合之处，也有明显不同。犹大的子嗣将来生活富裕无忧，没有劳苦，没有汗流满面，而布莱克笔下的秋天似乎不堪重负，疲惫至极，所以在下文诗人善意地邀请秋天稍事休息、欢歌一曲。

第 5 行诗"And all the daughters of the year shall dance!"张炽恒译为"所有岁月的女儿会翩然起舞！"穆旦译为"一年的女儿们都要舞蹈了！""岁月的女儿"范围过大，和"the year"不十分吻合；"一年的女儿们"又不好理解，我译为"这一年孕育出的所有女儿"，因为在下文中秋天对这一年的春、

---

① 参见《约翰福音》（15：5）："我是葡萄树，你们是枝子。常在我里面的，我也常在他里面。"

夏、秋三季做了回顾，春、夏两季正是生发、繁殖的季节，秋天则是万物成熟的季节，所谓吾家有女初长成。第7行诗中"The narrow bud"张炽恒译为"细嫩的蓓蕾"，穆旦译为"瘦小的花苞"。"瘦小的花苞"更符合中国的文化语境，也更能体现女性楚楚动人的阴柔之美，令人顿生怜惜之情。第8行诗中的"and love runs in her thrilling veins"张炽恒译为"爱在她那颤动的血管里荡漾"，穆旦译为"爱情在她的血里周流"。"爱"字太含糊，根据上文内容可以确定"love"应是"爱情"之意。"vein"字在英语中常入诗，但译成汉语"血管""血"似乎不雅，所以我译为"爱情在她周身涌流"。第13行诗中"live on"意为"靠……生活"，"以……为食"，穆旦的译文"住在果实的/香味上"（"等大气的精灵住在果实的/香味上"），不通，是误译。第14行"with pinions light"正常语序应为"with light pinions"，张炽恒的"带着有翼的光"（"而欢乐，则带着有翼的光，绕花园/游荡"）是误译。第15行诗中"or sits singing in the trees"，张炽恒译为"或者栖息在树丛中歌唱"，穆旦译为"或落在树梢唱歌"。联系上文"欢乐张开羽翼在花园漫游"，此处"sits singing in the trees"译成"落在树梢唱歌"更能保持前后连贯，也更自然：长了翅膀的欢乐更应该落在枝头，而不是坐在或栖息在树丛中。最后一行诗中有"fled"（逃跑）一词，张炽恒、穆旦的译文没体现出来，现补译上。（他们的译文分别是"从视野中消失；但遗落了金色的担子。"和"在荒山后，却抛下金色的负载。"）"逃跑"一词耐人寻味。是秋天预感自己盛极必衰、气数将近，急流勇退呢，还是累累的果实对他来说已经成了沉重的负担，他不胜其烦、苦不堪言，所以一走了之呢？从全诗来看，很可能是后者的情形。这样一来，遗落金色的担子就是秋天有意为之，而不是无心之举。那么我们就不应该为秋天的离去感到遗憾，而应该为他感到高兴，他终于可以放下重担、好好休息了。而我们在享受甜美果实的时候就做不到真正地兴高采烈、心满意足，因为我们会想到这些果实是秋天辛苦劳作的结果，而他似乎并不情愿这么做，哪怕是为了我们。

距离布莱克的《秋之咏》发表30年后，1819年，济慈写下了使之不朽的六大颂歌，其中的《秋颂》（To Autumn）被不少评论者认为是几首颂歌里

16

最完美的一首,它的主题是秋季的温暖、惬意和丰硕。诗的第 1 节用一系列果实的形象,点出秋天是丰收的季节,尤其是蜂蜜,它使秋天充满了甜得发腻的味道。第 2 节写人在秋天里的活动:劳作、休憩、榨果酿酒,充分享受秋天赋予的充实和快乐。第 3 节写秋天的各种声音,诗的音乐美发挥无遗。这样,从秋景、秋收写到秋声,从秋果、庄稼人写到秋虫、飞鸟和牲畜,几乎笔笔落实,诗本身也像秋天一样丰满了。整首诗韵式工整、绵密,气氛愉快、祥和,安逸、轻松中透着幽默。济慈(John Keats)的《秋颂》与布莱克的《秋之咏》题目相同(都是 To Autumn),但它呈现的是人间气象,是我们在日常生活中都看到过或经历过的情景,我们很容易找到共鸣,很容易沉浸其中。而布莱克的秋天超出了我们对秋天的传统印象与理解。第一行诗就展现出一个与众不同的秋天形象,丰收的意义不再是富足与喜悦,而是沉重的负担。秋天的身上沾染了葡萄汁,显得狼狈不堪。秋天的丰盈对于别人来说是好事,对于秋天本身来说却未必如此。秋天似乎强作欢颜,他在歌里回忆了春、夏两季,似乎很羡慕那两个季节的轻松、愉快,春与夏只需享受爱情的甜蜜,不需要负任何责任,不需要负担爱情带来的果实——女儿们或孩子们。而随着孩子们的成熟与长大父亲也就变老了,秋天的力不从心和"苍凉的群山"暗示了这一点。而年老的父亲也就不需要那么辛苦,他也应该把"金色的担子"留给年轻人去承担。所以在诗的结尾处秋天是快乐的(jolly Autumn),他完成了他的使命,可以好好歇歇了。布莱克是一个能够让读者体验到特殊感情的诗人,他能给我们带来新的生活经验,而不是加强我们已有的或早已熟悉的某种情感。读他的诗不容易得到共鸣,却能让我们目眩神迷,让我们震惊,以至回味无穷。他是一个具有丰富心灵的人,能容纳人类多种多样的经验与情感;他也是一个具有原始灵魂的人,他的诗中常有独特的内容。

附录：

To Autumn

I

Season of mists and mellow fruitfulness,

Close bosom – friend of the maturing sun;

Conspiring with him how to load and bless

With fruit the vines that round the thatch – eves run;

To bend with apples the moss'd cottage – trees,

And fill all fruit with ripeness to the core;

To swell the gourd, and plump the hazel shells

With a sweet kernel; to set budding more,

And still more, later flowers for the bees,

Until they think warm days will never cease,

For Summer has o'er – brimm'd their clammy cells.

II

Who hath not seen thee oft amid thy store?

Sometimes whoever seeks abroad may find

Thee sitting careless on a granary floor,

Thy hair soft – lifted by the winnowing wind;

Or on a half – reap'd furrow sound asleep,

Drows'd with the fume of poppies, while thy hook

Spares the next swath and all its twined flowers:

And sometimes like a gleaner thou dost keep

Steady thy laden head across a brook;

Or by a cyder – press, with patient look,

Thou watchest the last oozings hours by hours.

III

Where are the songs of Spring? Ay, where are they?
Think not of them, thou hast thy music too, —
While barred clouds bloom the soft – dying day,
And touch the stubble – plains with rosy hue;
Then in a wailful choir the small gnats mourn
Among the river sallows, borne aloft
Or sinking as the light wind lives or dies;
And full – grown lambs loud bleat from hilly bourn;
Hedge – crickets sing; and now with treble soft
The red – breast whistles from a garden – croft;
And gathering swallows twitter in the skies.
——By John Keats (1795—1821)

To Winter

'O Winter! bar thine adamantine[1] doors:
The north is thine; there hast thou built thy dark
Deep – founded habitation[2]. Shake not thy roofs,
Nor bend thy pillars with thine iron car[3].'

He hears me not, but o'er the yawning deep[4]
Rides heavy; his storms are unchain'd, sheathèd[5]
In ribbèd[6] steel; I dare not lift mine eyes,
For he hath rear'd his sceptre[7] o'er the world.

Lo! now the direful[8] monster, whose skin clings
To his strong bones, strides o'er the groaning rocks:

He withers all in silence, and in his hand
Unclothes the earth, and freezes up frail life.

He takes his seat upon the cliffs; the mariner
Cries in vain. Poor little wretch, that deal'st
With storms! —till heaven smiles, and the monster
Is driv'n yelling to his caves beneath mount Hecla[9].

【注释】

1. adamantine：非常坚硬的，坚定不移的。bar：把门关住，闩住。
2. habitation：住所。
3. car：(诗) 有轮的车子，马车，古代战车。
4. deep：(诗) 海，深渊，深处。yawning：张着大嘴的，打哈欠的。
5. sheathe：插入鞘，以包覆物保护。
6. rib：肋骨，肋状物，以肋状物支撑。
7. sceptre：节杖，权杖。rear：举起，竖起。
8. direful：可怕的。
9. mount Hecla：赫克拉火山是欧洲最著名的活火山，位于冰岛南部，被人们称为"地狱之门"。有史书记载，赫克拉火山最猛烈的一次爆发，火山灰遮云蔽日达数年之久，使整个苏格兰数年没有夏日。据传，赫克拉火山的爆发是上帝暴怒时对人间的惩罚，狂风暴雨和电闪雷鸣是上帝旨意的传递，有些人直接被火山吞噬，其他人则要面临猎物灭绝、庄稼枯萎、大海咆哮和暗无天日的生活，一步一步地走进"地狱之门"。火山爆发所形成的危机感造就了苏格兰人的生活方式和民族性格——勇敢尚武、推崇英雄主义。苏格兰出土的中世纪文物，多为制作精美的佩剑，极少有农耕器具，这是因为，赫克拉火山灾难的历史和令人倍感威胁的传说，使苏格兰人形成了这样的价值观：通过战斗保卫国土的人，才是能拥有财富和荣誉的英雄。

【译文】

冬之咏

"冬天啊!闩上你那些坚固的门吧:
北方才属于你;你在那里筑有黑暗
幽深的巢穴。不要摇撼你的屋顶,
也不要用你的铁战车将柱子撞弯。"

他不听从我,却从开裂的深渊
隆隆驾车而出;他的风暴被释放,
它们原被收在铁笼;我不敢抬眼,
因为他向全世界举起了权杖。

看哪!这可怖的恶魔,他的皮紧裹着
坚硬的骨头,他把岩石踩得呻吟:
他使一切萎于死寂,他动手剥光
大地的衣服,冻僵了脆弱的生命。

他在海边的峭壁上落座;水手
徒然地哭喊。在暴风雨中挣扎,这小东西
多可怜!——待到天空微笑时,这恶魔
呼号着被逐回他在赫克拉山山底的巢穴。

【评析】
原诗第 1 行用的是"门"的复数形式"doors",意味着冬天的住所有多扇门,在他的放纵下,寒冷的风暴从多处破门而出,来势汹汹,不可阻挡。

张炽恒的译文没有体现出多扇门,也就没有体现出事态的严峻性(他的译文是:"冬啊!请将你刚硬的门闩紧")。"adamantine"意为"非常坚硬的,坚定不移的",穆旦译为"铁石的门"("冬呵!闩上你所有的铁石的门"),很传神。因为"铁石"在汉语里不仅指材料、质地,也有"坚硬、冷酷"的意思,比如"铁石心肠"。这个词出现在这首诗里很合适,可以烘托冬天的住所冰冷、阴森的气氛,也可暗示出主人的品性:冷酷无情。我译作"坚固的门",是想说冬天的门本来很坚固,风暴本来可以被阻挡住,但是冬天有意为之,故意让寒风跑出来肆意纵横、为害人间。第2行开头"The north is thine",穆旦的译文"北方才是你的"("北方才是你的;你在那里筑有/幽暗而深藏的住所。")多了一个"才"字,更符合原意,诗人是在劝阻冬天,劝他守本分,安于自己的领地,不要去不该去的地方。第4行"Nor bend thy pillars with thine iron car."(也不要用你的铁战车将柱子撞弯。)穆旦译成"别放出你的铁车",过于俭省,有漏译之嫌。第5行"deep"应是"海洋,深渊"的意思。综合全诗内容,冬天的巢穴应位于赫克拉山山底,海洋深处。他驾着战车冲破屋宇,钻出海面,结果地动山摇,海啸山崩。张炽恒的译文"从天空的深渊上面/沉重地驰过",是误译。第6至第7行"his storms are unchain'd, sheathèd / In ribbèd steel"最不好译。这句话可以有两种理解:1. his storms are unchain'd, and sheathèd in ribbèd steel(他将风暴释放,并用钢条将其武装)。2. his storms are unchain'd, which were sheathèd in ribbèd steel(他的风暴被释放,它们原被收在铁笼)。张炽恒取前者之意("他的风暴被释放——/包裹着刚肋"),穆旦取后者之意("他的风暴原锁在/钢筋上")。我赞同穆旦的译文,并稍作修改,因为这样更合常理。第10行"strides o'er the groaning rocks",张炽恒译为"跨过呻吟的岩石",是直译;穆旦译为"把山石踩得呻吟",是意译,更生动,更能凸显恶魔的残忍。第11行"He withers all in silence",张炽恒译为"使一切萎于死寂",准确、精炼,我的译文照搬过来。

在这首诗中,冬天极其恐怖、阴森。冬天被拟人化为杀人不眨眼的魔怪。他的洞穴深藏在大山之下,深渊之中。他不听诗人的劝阻,驾着铁战车冲破自己的屋宇，从海洋深处携风暴而出，顿时山崩地裂、天昏地暗、寒风肆虐。冬天的形象类似一具骷髅（他的皮紧裹着/坚硬的骨头），他没有理性，没有人情味，宛若僵尸，不可理喻，活像美国大片中程序失控的邪恶的机器人。他掌控着世界，面无表情地摧毁一切生灵，一切温暖而有生命的东西都只能坐以待毙。他是毁灭的化身，连他自己的屋宇也不放过。他坐在海边的峭壁上无动于衷地看着水手在风暴中苦苦挣扎，冷漠至极。人类从来没有这么渺小、可怜，这么毫无还手之力。如果说冬天象征着无情与非理性，那么诗人在这首诗中就象征着情与理，而情与理在大权在握的暴君面前显得那么束手无策。只有等到超越人类本身的力量出现时——天空微笑时，冬天这个恶魔才能被制服。这首诗没有雪莱"如果冬天已到，难道春天还用久等？"的豪迈与乐观，有的只是苦撑苦挨、苦盼苦等。冬天把人间变成地狱，人们无法预测这种情形会持续多久。这首诗情绪悲壮，只是在结尾处，诗人给人们留下一线希望："待到天空微笑时，这恶魔/呼号着被逐回他在赫克拉山山底的巢穴。"

赫克拉火山是欧洲最著名的活火山，有"地狱之门"之称。布莱克的这首诗实际上描写的是火山爆发的情形：海啸山崩，火山灰遮天蔽日，气温骤降，寒冷的风暴席卷大地与海洋，摧毁陆地与海洋上的一切生命。等到烟消云散，火山归于平静时，人们才又重见天日。

这首诗没有对冬天景物的具体描写，却有冬天的气氛：寒冷、萧瑟、肃杀，没有生命活力。冬天的出现威胁着人类的生存。冬天手中举起的是光秃秃的权杖，而不是绿叶婆娑的树枝。自然的力量取得压倒性的胜利，人类无力抗争。总之，布莱克写的不是映在人们眼中的冬天，而是刻在人们心中的冬天，写的是冬之魂魄。布莱克的四季诗都是写意画，不拘泥于或不纠缠于具体景物的细描细绘，却别有洞天，也更有韵味。它们成功地颠覆了读者对四季诗的固定印象，给他们带来全新的感受。作为《诗的素描》的开篇之作，布莱克的四季诗没有辜负他的苦心。

英国季节诗的先驱当属詹姆斯·汤姆生（James Thomson, 1700—1748）。他笔下的四季不乏良辰美景，但也常有惊雷暴雨。汤姆生不仅细致地描写季节的更换和随之而来的自然界变化,还表达出它们所引起的人们情感上的变化。汤姆生指出这类题材的重大意义:"我不知道有什么题材比大自然的业绩更能使人提高又喜悦,更能引起诗的激情、哲学思考和道德情绪了。什么地方去找这样的丰富,美丽,豪放?这一切都能扩大并且激荡人的灵魂!"[1]布莱克的四季诗与汤姆生风格迥异,布莱克更超脱,更接近现代人的审美视角,他把握的是四季的精神特质,然后加以形象化地描绘。尽管如此,布莱克的《冬之咏》也有汤姆生的诗《冬天》的影子:"See! Winter comes, to rule the varied Year, Sullen, and sad;/with all his rising Train, /Vapours, and Clouds, and Storms…"(看!冬天来临,统治了多变的一年,阴郁,悲戚;/带着大批盘旋上升的随从,/雾气、烟云和风暴……)

布莱克和汤姆生笔下冬天的形象有点像希腊神话中象征风暴的妖魔巨人提丰(Typhon)。Typhon 在希腊语里意为"暴风"或"冒烟者"。传说提丰降生在奇里乞亚地区的山洞里,后来被主神宙斯用霹雳打入冥渊。

To the Evening Star[1]

Thou fair – hair'd[2] angel of the evening,

Now, whilst the sun rests on the mountains, light

Thy bright torch of love; thy radiant crown

Put on, and smile upon our evening bed!

Smile on our loves, and while thou drawest the

Blue curtains of the sky, scatter thy silver dew

On every flower that shuts its sweet eyes

In timely sleep. Let thy west wind sleep on

The lake; speak silence with thy glimmering[3] eyes,

And wash the dusk with silver. Soon, full soon,

Dost thou withdraw; then the wolf rages wide,

---

[1] 转引自王佐良:《英国诗史》,译林出版社 1997 年版,第 202 页。

And the lion glares thro' the dun⁴ forest.

The fleeces⁵ of our flocks are cover'd with

Thy sacred dew: protect them with thine influence.

【注释】

1. the Evening Star：晚星，（尤指傍晚时看到的）金星。
2. fair：（头发）金黄色的。
3. glimmer：发出微光，闪烁不定。
4. dun：暗褐色。
5. fleece：羊毛。flock：羊群。

【译文】

晚星之咏

你啊，黄昏的金发使者，
此刻，太阳栖息于群山，请点燃
你耀眼的爱情火炬；请戴上放光芒的
冠冕，对我们的夜榻微笑！
对着我们的情侣微笑吧，当你拉下
蓝色的天幕，请把你银色的露珠洒遍
每一朵花，它们已闭上可爱的眼睛
适时入眠。让你的西风在湖上
安睡；用你闪烁的眼睛述说沉静，
再用银光把黄昏洗净。很快，你很快地
消隐了；于是那狼四处逞威，
狮子凶邪的目光也穿透幽暗的森林。

请以你的神力呵护我们的羊群吧:
那羊毛已被满你神圣的珠露。

【评析】

第 3 行 "Thy bright torch of love" 张炽恒译为 "你辉煌的爱之火炬",穆旦译为 "爱情的火炬"。根据下文的 "夜榻" 等词可以断定,这里 "love" 应专指爱情。穆旦的 "爱情的火炬" 没有体现 "bright" 的含义。我译为 "你耀眼的爱情的火炬"。第 5 行 "Smile on our loves" 中 "loves" 一词用的是复数形式,不应该指爱情(英语中爱情一词是不可数名词,没有复数形式),穆旦的译文 "对我们的爱情微笑吧" 不准确。张炽恒译为 "请向我们的爱人微笑",意思似乎是把 "我们" 排除在外,"我们" 不在夜榻之上,夜榻上只有我们的爱人,晚星只需向着我们的爱人微笑,这样就解释不通。我译为 "对着我们的情侣微笑吧"。第 5 至第 6 行 "and while thou drawest the/Blue curtains of the sky",张炽恒译为 "当你拉开/天空那蓝色的窗帘";穆旦译为 "而当你拉起/蔚蓝的天帏"。根据下文内容(花朵和西风都进入睡眠)可以判定,"drawest" 应是 "拉下" 之意,而不是 "拉开" 或 "拉起"。我将这句诗译为 "当你拉下/蓝色的天幕"。第 10 行 "And wash the dusk with silver",张炽恒译为 "给暮色镀上银光",穆旦译为 "再用水银洗涤黑暗",我直译为 "再用银光把黄昏洗净"。

诗的开篇用了隐喻语(kenning),诗人没有直呼晚星,而是把她形象地称为 "黄昏的金发使者",让读者去猜测所指何物。这首诗由 14 行组成,但丝毫没有采用十四行诗的韵式,它的内在节奏舒缓、庄重,其中多 s 音:smile, sky, silence, silver, soon, 等等,突出了黄昏时分宁静的气氛。宁静中有激情在荡漾:夜晚的床榻和情侣。宁静中也有不安和紧张:猖獗的狼、蠢蠢欲动的狮子,它们都在觊觎羊群。

"the Evening Star" 意为晚星,尤指傍晚时看到的金星(Venus)。金星是离地球最近的行星。中国古代称之为太白或太白金星。它有时是晨星,黎明前出现在东方天空,被称为 "启明";有时是昏星,黄昏后出现在西方天空,被称为"长庚"。金星是全天中除太阳和月亮外最亮的星,犹如一颗耀眼的钻石,于是古希腊人称它为阿弗洛狄忒(Aphrodite)——爱与美女神,而罗马人则称它为维纳斯(Venus)。这首诗写的就是爱与美女神,她头发金黄,头戴光芒四射的王冠,手中高举灼灼放光的象征爱情的火炬。诗人恳求她注视晚间的床榻和床上的情侣,恳求她微笑着祝福他们。诗人还请求女神用露珠滋润熟睡的花朵,其实就是把爱情的恩惠延伸给花朵,给花朵以爱情的滋润。诗人还希望女神保护羊群的安全,当然可以想象,女神只能用爱与美的力量感化狼和狮。诗中用来刻画狼和狮的两个动词"rages""glares"都含有愤怒的意思。它们因何愤怒呢?也许因为饥饿(缺乏食物),也许因为孤独(缺乏爱情),也许二者兼而有之。"the wolf"和"the lion"都是单数形式,只有一匹狼、一头狮。晚星——爱与美女神消失后,狼与狮就出现了,它们象征恶与孤独。

狼与狮也可能指天上的星座:大犬座与狮子座。可能晚星消隐后这两个星座就看得特别清楚。我不懂天文,根据诗中的花朵我猜测这首诗描写的是夏季傍晚的夜空。

古希腊抒情诗人彼翁也以同样的题目写过一首诗《致晚星》:
晚星,可爱的海沫之女射出的金辉,
亲爱的晚星,暗蓝夜空中的神圣明珠,
你比月光微弱,比群星显耀得多,
好朋友,今天我要唱着歌去和我的牧人相会,
月亮落山早,请你替月亮
给我以清辉。我不是出去行窃,
不是匆匆赶夜路去做小偷,
我是在恋爱。帮助恋人是件好事情。

这首诗的译者水建馥加注说:晚星即金星。爱神阿弗洛狄忒是"从海水的泡沫里诞生"的,所以叫作"海沫之女"。在希腊文中金星是"阿弗洛狄忒星"。所以"海沫之女"也就是日暮时西方天际那颗极亮的晚星。"好朋

27

友"是呼唤晚星。①

对比彼翁和布莱克的诗，我们很容易看出二者的区别。彼翁的诗传达的意思很简单：一个人在傍晚时分急切切地赶夜路去见自己的恋人，因此请求晚星给他照亮儿。有意思的是，叙述者一再声明今晚不是去行窃、不是去做小偷，而是去赴恋人之约。这有两种可能，其一，他平时傍晚时分出去是去行窃，希望晚星越暗越好。可是今晚是去恋爱，所以希望晚星明亮地照耀。其二，他不是小偷，他夜间出来不是去做坏事，而是去和心爱的人约会。他担心晚星辨不清好人、坏人，所以他一再声明，他是好人，希望晚星多多关照，尤其要关照恋人，成人之美。这正是晚星——爱与美女神分内的事。无论哪种情况，这首诗都表现出恋爱中的人的急切、谦卑的心情，企盼女神的眷顾。我们也希望他能如愿。此诗心思单纯、古朴，内容和《诗经·陈风》中的《东门之杨》类似。"东门之杨，其叶牂牂。昏以为期，明星煌煌。东门之杨，其叶肺肺。昏以为期，明星晢晢。"这里的"明星"指的也是黄昏时候的金星。虽然这三首诗都不约而同地把晚星和爱情联系起来，但布莱克的《晚星之咏》融合了很多相互冲突的元素：美与恶、爱与恨、情侣相伴而眠与孤独寂寞，放松与紧张，祥和与不安，光明（晚星）与黑暗（森林），狼、狮子与羊群。总之，宁静的夜晚不宁静，叙述间的张力非常大。布莱克的丰富与复杂和彼翁的简约恰好形成鲜明的对照。

据钱钟书介绍，在英语诗歌中，美国诗人亨利·沃兹沃思·朗费罗（Henry Wadsworth Longfellow）的《生之颂》是最早译成汉语的。而由于我国广大读者学习得最早的外语是英语，这首诗也就很可能是最早被译成汉语的近代西方诗。②朗费罗也写过黄昏星。可是他的《黄昏星》写得比较繁复，有点违背他自己的格言："人们常常见到的诗神总是浓妆艳抹，身上戴着俗

---

① 参见水建馥译：《古希腊抒情诗选》，人民文学出版社 1988 年第 1 版，第 225 页。
② 参见黄杲炘译、黄杲昶注：《美国抒情诗选》，上海译文出版社 1989 年版，译者前言，第 1 页。现将黄杲昶的注释摘录于此："见钱钟书《汉译第一首英语诗〈人生颂〉及有关二三事》。文中，对满清末年学习英语的盛况，引证了当时的一些记载：'习外国语言者皆务学英语，于是此授彼传，家传户诵。近年来几乎举国若狂。'而且连光绪帝和王公大臣也都'一窝蜂学英语'。"

不可耐的假珠宝。一旦看见她服装朴素，不加化妆，就会使人有耳目一新之感。"①朗费罗的诗中有一句耐人寻味："在柔婉的梦境里重温着／被幽抑的恋情，沉入了睡乡。"象征爱情的星座自己却不能尽享爱情的甜蜜。最后一句"你默默地退隐，回去安歇，／你窗口的灯光也黯然熄灭"也很生动，但从全篇来看远不及布莱克的《晚星之咏》。布莱克的诗写得直接，有冲击力，不像朗费罗那样兜圈子，套话多。所以布莱克的诗更有创造性和独特性，也更符合现代人的欣赏口味，虽然他只比朗费罗早出生半个世纪。

这首诗形式讲究。沃尔夫森（Susan J. Wolfson）说这首诗是"眼睛的世界"。诗中有"可爱的眼睛"（sweet eyes，第7行末），"闪烁的眼睛"（glimmering eyes，第9行末），"凶邪的眼睛"（glare，第12行中间），还有读者阅读时不停转动的眼睛。诗人将"sweet eyes"和"glimmering eyes"放在行末，以押韵的形式提醒读者，"可爱的眼睛"闭合时，"闪烁的眼睛"放出光芒。②第2行末尾的词是"light"（光，点亮）。在晚星点燃"耀眼的爱情火炬"之前，读者眼前预先一亮。所以这首诗极具画面感，给读者想象的空间。

附录：

The Evening Star

Lo! In the painted oriel of the West,
Whose panes the sunken sun incarnadines,
Like a fair lady at her casement, shines
The evening star, the star of love and rest!
And then anon she doth herself divest

---

① 转引自皮特·琼斯编、汤潮译：《美国诗人50家》，四川文艺出版社1989年版，第52页。
② Morris Eaves, ed., The Cambridge Companion to William Blake, New York: Cambridge University Press, 2002, p. 70~71.

Of all her radiant garments, and reclines

Behind the somber screen of yonder pines,

With slumber and soft dreams of love oppressed.

O my beloved, my sweet Hesperus!

My morning and my evening star of love!

My best and gentlest lady! Even thus,

As that fair planet in the sky above,

Dost thou retire unto thy rest at night,

And from thy darkened window fades the light.

—By Henry Wadsworth Longfellow (1807—1882)

To Morning

O holy virgin! clad[1] in purest white,

Unlock heav'n's golden gates, and issue forth[2];

Awake the dawn that sleeps in heaven; let light

Rise from the chambers[3] of the east, and bring

The honey'd dew that cometh on waking day.

O radiant morning, salute the sun

Rous'd like a huntsman to the chase, and with

Thy buskin'd[4] feet appear upon our hills.

【注释】

1. clad：(古) clothe 的过去式及过去分词，穿衣。

2. issue forth：出来。

3. chamber：寝室，房间。

4. buskin：高筒靴，厚底靴。

【译文】

黎明之咏

袭着纯洁素衣的圣处女啊,
请打开天庭的金门,出来吧;
唤醒在天上沉睡的晨曦;让光
从东方的寝宫升起,请将甘露
随苏醒的白昼一起带来。
灿烂的黎明啊,向太阳致意吧
他已起身,像要追逐猎物的猎人,
请迈动你穿靴的双足踏上我们的山峦。

【评析】

英语中 pure white 意为"纯白色",第 1 行诗中的"purest white",穆旦和张炽恒都译为"最洁白的"("圣处女呵,你穿着最洁白的衣裳","神圣的处女啊!你披着最洁白的衣裳"),意思正确,但我还是更愿意用"纯洁"一词形容圣处女,从字面意思上看,它可能没有"最洁白的"符合原文,但它更符合汉语语境。

第 3 行中的"dawn"英语意为"first light of day; daybreak"(第一缕日光,破晓),穆旦和张炽恒没有采用通行的译文"黎明",而是分别译成"晨曦"和"曙光",非常准确,因为若译成"黎明"就和题目冲突,会引起意思混乱,圣处女指的就是黎明,黎明不能唤醒黎明。第 3 行中的"light",我和穆旦都采取《圣经》的译法,译为"光"。原诗中出现两次"heaven",不太好译,穆旦分别译为"天庭"和"天宇",张炽恒译为"天国"和"天上"。"天国"宗教色彩太浓,"天宇"又太庄重,所以我综合了二者的译文,译成"天庭"和"天上"。

和前五首咏自然的诗（《春之咏》《夏之咏》《秋之咏》《冬之咏》《晚星之咏》）相同，《黎明之咏》也采用拟人手法，将黎明比拟成身穿白衣的圣洁的处女。圣处女的白衣和下文的金门形成颜色反差，互相衬托，很悦目。全文用祈求的语气，祈求黎明做出一系列的动作，勾勒出清晨万物苏醒，一派繁忙的喜人景象。这首诗的内涵没有前五首诗丰富，但短短的几行诗传达出很强的动态感，很有感染力。将太阳比喻成起身待猎的猎人也有新意。诗的歌咏对象直到第6行才正式出现，和题目遥相呼应，读者至此才明白"圣处女"所指何人。最后一行特意指出圣处女穿着靴子，写得很细致，可以想象圣处女的大致外貌。这首诗虽短，但它抓住了黎明的特点：晨曦、光、晨露、朝阳、苏醒，一切都蓄势待发，充满光明与希望的一天即将开始。此诗行文迅速，有时间的推移：曙光初现，天色渐亮（让光/从东方的寝宫升起），可以看清早晨的露水，接着太阳升起，照亮群山，居于高处的山峦最先进入早晨的时光。

这首诗好似神话故事中的场景。布莱克的四季诗以及咏晚星、咏黎明都有浓重的神话色彩。自然与神话密不可分，古往今来都是如此。

Fair Elenor

The bell struck one, and shook the silent tower[1];
The graves give up their dead: fair Elenor
Walk'd by the castle gate, and lookèd in.
A hollow groan ran thro' the dreary vaults[2].

She shriek'd aloud, and sunk upon the steps,
On the cold stone her pale cheeks. Sickly smells
Of death issue as from a sepulchre[3],
And all is silent but the sighing vaults.

Chill Death withdraws his hand, and she revives;

Amaz'd, she finds herself upon her feet,
And, like a ghost, thro' narrow passages
Walking, feeling the cold walls with her hands.

Fancy returns, and now she thinks of bones
And grinning skulls, and corruptible death
Wrapp'd in his shroud; and now fancies she hears
Deep sighs, and sees pale sickly ghosts gliding.

At length, no fancy but reality
Distracts her. A rushing sound, and the feet
Of one that fled, approaches. —Ellen[4] stood
Like a dumb statue, froze to stone with fear.

The wretch[5] approaches, crying: 'The deed is done;
Take this, and send it by whom thou wilt send;
It is my life—send it to Elenor: —
He's dead, and howling after me for blood!'

'Take this,' he cried; and thrust into her arms
A wet napkin, wrapp'd about; then rush'd
Past, howling: she receiv'd into her arms
Pale death, and follow'd on the wings of fear.

They pass'd swift thro' the outer gate; the wretch,
Howling, leap'd o'er the wall into the moat[6],
Stifling[7] in mud. Fair Ellen pass'd the bridge,
And heard a gloomy voice cry 'Is it done?'

33

As the deer wounded, Ellen flew over
The pathless plain; as the arrows that fly
By night, destruction flies, and strikes in darkness.
She fled from fear, till at her house arriv'd.

Her maids await her; on her bed she falls,
That bed of joy, where erst[8] her lord hath press'd:
'Ah, woman's fear!' she cried: 'ah, cursèd duke!
Ah, my dear lord! ah, wretched Elenor!

'My lord was like a flower upon the brows
Of lusty May! Ah, life as frail as flower!
O ghastly death! Withdraw thy cruel hand,
Seek'st thou that flow'r to deck thy horrid temples[9]?

'My lord was like a star in highest heav'n
Drawn down to earth by spells[10] and wickedness;
My lord was like the opening eyes of day
When western winds creep softly o'er the flowers;

'But he is darken'd; like the summer's noon
Clouded; fall'n like the stately tree, cut down;
The breath of heaven dwelt among his leaves.
O Elenor, weak woman, fill'd with woe!'

Thus having spoke, she raisèd up her head,
And saw the bloody napkin by her side,

Which in her arms she brought; and now, tenfold[11]
More terrifièd, saw it unfold itself.

Her eyes were fix'd; the bloody cloth unfolds,
Disclosing to her sight the murder'd head
Of her dear lord, all ghastly pale, clotted[12]
With gory[13] blood; it groan'd, and thus it spake:

'O Elenor, I am thy husband's head,
Who, sleeping on the stones of yonder tower,
Was 'reft[14] of life by the accursèd duke!
A hirèd villain[15] turn'd my sleep to death!

'O Elenor, beware the cursèd duke;
O give not him thy hand, now I am dead;
He seeks thy love; who, coward, in the night,
Hirèd a villain to bereave my life.'

She sat with dead cold limbs, stiffen'd to stone;
She took the gory head up in her arms;
She kiss'd the pale lips; she had no tears to shed;
She hugg'd it to her breast, and groan'd her last.

【注释】

1. tower: 塔，城楼，堡垒。
2. vault: 墓穴。
3. sepulcher: 坟墓。
4. Ellen: 指 Elenor。

5. wretch：恶棍，坏蛋。

6. moat：壕沟，护城河。

7. stifle：窒息。

8. erst：（古英语）以前，往昔。

9. temple：太阳穴。

10. spell：咒语，符咒。

11. tenfold：十倍的。

12. clot：血块，凝血。

13. gory：沾满血污的。

14. 'reft：bereave 的过去式及过去分词，使失去希望、生命等。

15. villain：歹徒，恶棍。

【译文】

美丽的爱莉诺

钟敲一响，震动寂静的城堡；
坟墓放出死者：美丽的爱莉诺
打城门经过，向里张望。
一声空洞的呻吟从沉闷的墓穴飘出。

她尖叫一声，跌在台阶上，
苍白的脸颊贴着冰冷的石头。一阵阵
死亡的气息令人作呕，仿佛源于坟墓，
一片死寂，唯有墓穴在悲叹。

冰冷的死神缩回手，她苏醒；

> 诗的描述

她惊异地发现自己站立着,
并且,像个幽灵,摸索着冰冷的墙壁,
在狭窄的过道里试探着行走。

幻觉重来,她眼前浮现一根根骨头,
龇牙咧嘴的骷髅头和裹着尸布
易腐的尸首;她恍惚听见
深沉的叹息,看到苍白、憔悴的鬼魂飘移。

终于,幻觉消失,现实
使她惊醒。一阵奔跑声,一个人
逃窜的脚步声近了——爱伦站着,
像木然的雕像,凝在石头上,恐惧万分。

那歹徒跑来,大喊着:"事情办完了,
拿着这个,派你想派的人把它送去,
它是我的命——把它送给爱莉诺:
他死了,紧追在后号哭着索命!"

"拿着这个,"他喊道,塞给她
一块湿布,裹着东西,然后号哭着
奔了过去:她把惨白的死神揽到怀里,
恐惧使她插上翅膀,跟在后面飞奔。

他们迅速穿过大门;那个歹徒
号哭着跃过墙头,掉进护城河,
在烂泥里窒息。美丽的爱莉诺跑过桥,
听见一声阴沉的询问:"事情办完了吗?"

像受伤的鹿，爱伦奔逃在
无路的平原；像趁着夜色
纷飞的箭，毁灭在黑暗中飞行、袭击。
她一路奔逃，到家后才摆脱恐惧。

侍女迎候她；她倒在床上，
那欢乐之床，她的夫君在上面躺过：
"女人的恐惧啊！"她哭道："可恶的公爵！
我亲爱的夫君啊！可怜的爱莉诺！

"我的夫君曾像一朵花，嵌在活泼的
五月的额头！啊，生命脆弱如花！
可怕的死神！缩回你残酷的手吧！
难道你要它装扮你可怕的鬓角？

"我的夫君就像九重天的一颗星，
被咒语和邪恶拉到地面；
当西风在花朵上轻轻吹拂，
我的夫君像白昼睁开的眼睛。

"但他已暗淡，像夏日的正午
被乌云遮蔽；像庄严的树被砍倒，
来自天空的风曾在他枝叶间逗留。
爱莉诺啊，柔弱的女人，满腹辛酸！"

她这样说完，抬起头来，
看见身边染血的包裹——

是她亲手抱回来的；这回，较之先前
十倍的惊吓，她看见包裹自动打开。

她目不转睛；染血的包裹打开，
露出她亲爱的夫君被割下的
头颅，那头颅惨白，沾着
血污；它呻吟着，这样说道：

"爱莉诺啊，我是你丈夫的头，
他，在那边城楼的石板上睡眠之时，
被可恶的公爵夺去性命！
雇来的歹徒把我的睡眠变成死亡！

"爱莉诺啊，当心可恨的公爵；
我虽已死，你也不要答应他；
他垂涎你的爱；他，这个懦夫，在黑夜里
雇佣歹徒害我性命。"

她坐着，四肢冰冷，僵硬如石；
她捧起血污的头；
她亲吻那苍白的嘴唇；她没有眼泪；
她把头颅紧紧抱在胸口，悲叹一声死去。

【评析】

第7节最后一句"she receiv'd into her arms/Pale death, and follow'd on the wings of fear"。张炽恒译成"她用胳膊挽住／苍白的死神，跟着他；乘着恐怖之翼"。她是跟着歹徒还是跟着死神，没说清楚。根据上下文可知，爱莉诺把染血的包裹抱在怀里，然后下意识地跟在歹徒身后狂奔。所以我译成"她

39

把惨白的死神/揽到怀里，恐惧使她插上翅膀，跟在后面飞奔。"第10节第2句"That bed of joy, where erst her lord hath press'd"中"press'd"意为"压、挤"。张炽恒译为"那欢乐之床，她的夫君曾压过"。我译成"那欢乐之床，她的夫君在上面躺过"。

这首诗故事情节恐怖、血腥，爱莉诺在半夜一点经过城堡，碰到一个人在逃窜，慌乱中错把爱莉诺当成另外一人，把一个染血的包裹塞到她怀里，让她送给爱莉诺。爱莉诺恐惧之极，不由自主地跟在那人身后狂奔。有人紧追那人不放，要取他性命。那人跃过城墙，掉在护城沟里毙命。爱莉诺跑过桥时，听到有个低沉的声音问道："事情办完了吗？"回到家中，爱莉诺伤心欲绝，哭死去的夫君，哭自己的不幸。哭泣间她万分惊恐地发现，包裹自动打开，露出她死去的夫君的头颅。头颅告诉爱莉诺，公爵因贪求她的美色，雇人杀害了她的夫君。原来爱莉诺碰到的那人正是被雇的歹徒，紧跟其后索命的是夫君的魂灵。歹徒错把爱莉诺当成公爵，在桥头询问的就是公爵。爱莉诺在惊愕、悲痛中绝命。

故事情节很吸引人，但不严密。如果爱莉诺碰到的是刚作案的歹徒，那她回到家中看到丈夫的头颅之前怎么就知道丈夫已死？也许这正是此诗的一个特点：把时间压缩为一点，模糊过去、现在的界限。此诗的故事情节与《哈姆雷特》有相似之处。莎士比亚在《哈姆雷特》中将难题留给哈姆雷特：轰轰烈烈复仇还是苟且偷生？布莱克在此诗中将难题留给读者：对人世间的阴谋与黑暗作何反应？

本诗采用了历史民谣体（historical ballad），具有民谣的一些特点：开头突兀，没有半点人物、背景介绍；行文迅速，故事通过对话和行动展开；情节跌宕，富有戏剧性；文字简省，略去细枝末节，只保留最重要、最基本的信息；以悲剧结尾。爱莉诺和她的夫君为爱付出生命；受雇的歹徒因作恶受到惩罚；只有公爵，安然无恙，而他，正是这场悲剧的制造者。邪恶的势力太大，压倒正义的力量。整首诗弥漫着黑夜和死亡带来的恐怖气氛。

Song

How sweet I roam'd from field to field
And tasted all the summer's pride,
Till I the Prince of Love beheld[1]
Who in the sunny beams did glide!

He show'd me lilies for my hair,
And blushing roses for my brow;
He led me through his gardens fair
Where all his golden pleasures grow.

With sweet May dews my wings were wet,
And Phoebus[2] fir'd[3] my vocal rage;
He caught me in his silken net,
And shut me in his golden cage.

He loves to sit and hear me sing,
Then, laughing, sports and plays with me;
Then stretches out my golden wing,
And mocks my loss of liberty.

【注释】
1. behold: 看, 注视。
2. Phoebus: 日神, 太阳神, 司诗歌及艺术。
3. fir'd: fired, 激发, 激起。

【译文】

歌

多么快活，在田野间游荡
享受夏日的无限风光，
直到我觑见爱情的君王
在阳光里翱翔！

他把百合花插在我发间，
他用红红的玫瑰装饰我的前额；
他领我穿过美丽的花园
园里种着他所有绝妙的欢乐。

我的翅膀润染五月的甜露，
福波斯激发我放开歌喉；
他用柔丝的罗网把我捉住，
关进他黄金的鸟笼。

他喜欢坐着听我歌唱，
然后笑着，和我嬉戏；
随后拉开我的金翅膀，
嘲笑我把自由丧失。

【评析】

第2行诗中的"pride"，应该理解成"最优秀的部分，精华，顶点"。穆旦译成"骄矜"（"遍尝到夏日的一切骄矜"），不准确。第8行中的"golden pleasures",我认为译成"绝妙的欢乐"比"金色的欢乐"(穆旦、张炽恒的译文:"那儿长满他金色的欢乐","园中长满他金色的欢乐")更容易理解。第10行"And Phoebus fir'd my vocal rage",穆旦译成"燃起了我的歌喉"("菲伯燃起了我的歌喉"),不通。第11行中的"silken",张炽恒译成"柔丝的罗网"("他把我捉进柔丝的罗网"),比译成"丝网"好,突出"温柔的陷阱"之意。

这首诗有点类似民谣体,每节诗有四行。韵式非常整齐,每行诗有四个音步,每节诗的1、3行,2、4行分别押韵。共4个诗节,14行。诗中传达的意思很清楚,一个人落进爱情的罗网,做了爱情的俘虏,变成囚禁在笼子里会唱歌的小鸟,失去自由。在第3节中,我的翅膀(my wings)用的是复数形式,是双翅,而在最后一节,我的翅膀(my golden wing)用的是单数形式,我只剩下一只翅膀,失去了自由飞翔的能力。诗中的叙述者身不由己,完全处于被动的地位,他(她)在不知不觉间被爱情捉住。在遭遇爱情之前,他(她)过着自由自在的生活,享受着夏日的美景。爱情有两面性,爱情能让人体会到"绝妙的欢乐",也使人失去自由,变成可怜的笼中之鸟。在原诗中,"欢乐"和"鸟笼"之前用了相同的形容词:"golden",这似乎在暗示,我们因爱情得到很多,也损失惨重。或者说,"金色的欢乐"就等于"金色的囚笼"。爱情有温馨的一面:百合花、玫瑰。爱情也有无情的一面:罗网、笼子。和很多诗人把爱情比作女性,具有魅惑性截然不同,布莱克在这首诗里把爱情比作男性,是君王,具有绝对的权威,突出了爱情的不可抗拒性,一个人只能束手就擒,毫无反抗能力。诗中表达出一种无奈。

在最后一节,"和我嬉戏"的英文是"sports and plays with me",这暗示肉体的欢乐。英国诗人济慈写过一首短诗《无情的妖女》。诗中叙述一个凡夫爱上一个妖女,结果落得形销骨立、失魂落魄。"因此,我就留在这儿,/独自沮丧地游荡;/虽然湖中的芦苇已枯,/也没有鸟儿歌唱。"他在妖女的洞中看见:"还有无数的骑士,/都苍白得像是骷髅;/他们叫道:无情的妖女/已把你作了俘囚!"(查良铮译)在尝过爱情的美妙滋味后,人们往往感到怅然若失,这似乎是布莱克和济慈在这两首诗中共同的看法。不同的是,在济慈的诗中，男人被女人俘获，是常见的题材。而在布莱克的诗中，女人被男人俘获，这种题材不多见。

据迈尔金（Malkin）说，这首诗是布莱克 14 岁之前所作。①

Song

My silks[1] and fine array[2],

My smiles and languish'd air[3],

By love are driv'n away;

And mournful lean Despair

Brings me yew[4] to deck my grave;

Such end true lovers have.

His face is fair as heav'n

When springing buds unfold;

O why to him was't[5] giv'n

Whose heart is wintry cold?

His breast is love's all – worshipp'd tomb,

Where all love's pilgrims come.

Bring me an axe and spade,

Bring me a winding – sheet[6];

When I my grave have made

Let winds and tempests beat:

Then down I'll lie as cold as clay.

True love doth pass away!

---

① William Blake, Selected Poems, London: Penguin Books Ltd., 1996, p. 8.

【注释】

1. silk：a garment made of silk 绸衣。
2. array：衣服、服装。
3. air：样子，神态，姿态。
4. yew：紫杉。
5. was't：was it.
6. winding – sheet：裹尸布。

【译文】

歌

我的绸衣和华服，
我的笑容与惆怅，
都被爱情销毁；
令人忧伤、憔悴的绝望
给我带来装点坟墓的紫杉；
这就是痴情恋人的下场。

当萌动的蓓蕾绽放
他的脸明净如天空；
为何给他这样的脸庞
他的心冷似寒冬？
他的胸膛是众人崇拜的爱的坟墓，
爱情的朝圣者趋之若鹜。

给我斧子和铁镐，

再给我一件尸衣；
当我的坟墓挖好
让狂风吹，大雨淋：
然后我就躺倒，像冰冷的泥土。
忠贞的爱情从此死去！

【评析】

这首诗的韵式为：ababcc/dedeff/ghghaa，最后回到 a，形成一个完整的循环，跟诗中的内容相吻合：追求爱情不得，最后绝望地死去。

第一句中的"array"，张炽恒译成"红装"（"我的绸衣与红装"），因为从第 2 节诗的内容来看，叙述者应该为女性，抱怨她所爱的人冷酷无情——无论谁爱上他，都会以死亡告终。但是从第 3 节诗来看，用斧子、铁镐挖坟墓又好像与柔弱女性的身份不符。如果把叙述者定为女性，那就只能说明她绝望至极，求死的决心之大，连平时不会做的事都做出来了。"array"在英文里是中性词，所以我还是倾向于将它译为"服装"，从而最大程度地遵守原文，尽量减少译者的干涉。第 2 节诗的第 5 行"His breast is love's all-worshipp'd tomb"，穆旦的译文"他的心是爱情的陵地"有点简省，张炽恒的译文"他胸怀是爱所崇拜的坟墓"，又有点拘泥于原文，意思不清晰，所以我译为"他的胸膛是众人崇拜的爱的坟墓"。穆旦的译文很灵活，能达到"化"的境地，比如"那我就躺下，全身冰冷。/从此死去真诚的爱情！""当花苞初露，正待开花。"但有时又离原文有点远，比如"让雷雨交加，风儿凄厉"。

这是首悲伤的歌，哀叹"落花有意，流水无情"。诗中的叙述者好像只是为"他"的容貌所吸引，就害单相思，以至不顾性命。没有更复杂的内容，好像《诗经》，去除了所有与爱情无关的东西，只剩下单纯的爱。

Song

Love and harmony combine,
And around our souls entwine[1]
While thy branches mix with mine,
And our roots together join.

Joys upon our branches sit,
Chirping loud and singing sweet;
Like gentle streams beneath our feet
Innocence and virtue meet.

Thou the golden fruit dost bear,
I am clad[2] in flowers fair;
Thy sweet boughs perfume the air,
And the turtle[3] buildeth there.

There she sits and feeds her young,
Sweet I hear her mournful song;
And thy lovely leaves among,
There is love, I hear his tongue.

There his charming nest doth lay,
There he sleeps the night away;
There he sports along the day,
And doth among our branches play.

【注释】

1. entwine: 缠绕, 盘绕。

2. clad：clothe 的古体字，穿衣。
3. turtle：（通常作）turtle-dove，斑鸠，雉鸡。

【译文】

歌

爱情与和谐合而为一，
将我们的灵魂遮蔽
我们的枝叶相互交织，
我们的根缠在一起。

欢乐坐于我们的枝头，
嘤嘤喁喁，甜甜唱吟；
恰似涓涓溪流在我们脚下
天真与美德汇聚。

你结金色的果实，
我披美丽的花朵；
你甜美的枝干使空气清香，
斑鸠在你枝上做窝。

她坐在窝里哺育幼雏，
我喜欢听她忧郁的歌；
爱情，在你可爱的树叶中间，
我听见他的诉说。

他在那儿筑有美丽的巢,
夜晚在里面安眠;
白天嬉戏、游玩,
就在我们的枝叶中间。

【评析】

原文每个诗节自成一韵: aaaa/bbbb/cccc/dddd/eeee,可惜中文译文很难保持原来的韵式,只能忍痛舍弃。第3节第4行中的"turtle"应该理解成 turtle-dove,斑鸠,雉鸡,而不是"海龟"(张炽恒和穆旦的译文分别是"还有海龟在那边做窝","海龟就在下面筑家")。比如莎士比亚写过长诗《凤凰与斑鸠》(The Phoenix and the Turtle)。凤凰与斑鸠是不朽的美与忠贞的象征,符合布莱克这首诗的内容:两情相悦,水乳交融。下文提到歌声,应该是斑鸠的咕咕叫声。诗中以两棵树作比喻,枝叶错综、纠缠在一起,相偎相拥;根,紧握在地下;叶,相触在云里。树枝上坐着"欢乐",枝叶间有斑鸠的窝和爱情的巢。一幅幸福、和谐的画面,其乐融融。第4节第2行中的"mournful"(哀痛的)用得很突兀,可是前面有"sweet"(甜美的),也许极度的幸福反而会让人感到哀伤。穆旦的译文"我听着她的幽怨之曲",没有把"sweet"译出来。张炽恒的译文"听她的哀歌我很惬意",有点残酷,好像拿别人的痛苦取乐。所以我译成"我喜欢听她忧郁的歌"。关于第4节第4行,企鹅出版社1996年出版的《布莱克诗选》中指出:"his 应该是 her,很显然布莱克最初的诗集印刷有误。"[①]但如果这里改成 her,下文的"he"和"his"都要相应改成"she"和"her"。印刷错误应该不会这么多,所以翻译时还是保留了原文。把爱情比拟成男性也未尝不可,而且在布莱克的另一首诗《歌:"多么快活"》里他也把爱情刻画成男性"直到我觑见爱情的君王"(Till I the Prince of Love beheld)。

---

① William Blake, Selected Poems, London: Penguin Books Ltd., 1996, p. 10.

Song

I love the jocund[1] dance,

The softly breathing song,

Where innocent eyes do glance,

And where lisps[2] the maiden's tongue.

I love the laughing vale,

I love the echoing hill,

Where mirth does never fail,

And the jolly[3] swain[4] laughs his fill[5].

I love the pleasant cot[6],

I love the innocent bow'r[7],

Where white and brown is our lot[8],

Or fruit in the mid – day hour.

I love the oaken seat,

Beneath the oaken tree,

Where all the old villagers meet,

And laugh our sports to see.

I love our neighbours all,

But, Kitty, I better love thee;

And love them I ever shall;

But thou art[9] all to me.

【注释】

1. jocund：欢乐的，愉快的。

2. lisp：说话口齿不清。
3. jolly：快活的，兴高采烈的。
4. swain：(诗)(古) 乡村青年，乡村情郎。
5. fill：填满……的量，吃饱的量，喝足的量。
6. cot：(诗) 茅舍，小屋。
7. bow'r：bower 阴凉处，凉棚；闺房。
8. lot：一块地，场地。
9. thou art：you are.

【译文】

歌

我爱欢快的舞蹈，
轻柔、婉转的歌曲，
其间无邪的眼波流转，
少女絮絮低语。

我爱欢笑的溪谷，
我爱山中的回音，
那里欢乐永不衰落，
快活的小伙尽情尽兴。

我爱舒适的茅屋，
我爱清净的凉棚，
褐色的是我们的园圃，
白花花是日午时果子在闪光。

我爱橡木座椅，
就在橡树底下，
村中的老人都聚在那里，
看我们玩耍他们哈哈笑。

我爱所有的邻人，
可是啊，基蒂，我更爱你；
我会永远爱他们；
你却是一切加在一起。

【评析】

原诗每个诗节的 2、4 行，1、3 行分别押韵。第 3 节中的"bow'r"有"阴凉处，闺房"两个意思，前面提到"cot"（茅舍），所以我译为"凉棚"，因为"闺阁"和"茅屋"不搭调（张炽恒的译文："我爱快乐无忧的闺阁"），而且从整节诗来看，叙述者是在介绍他的生活环境。最后一句穆旦翻译得意思贴切而且押韵（"你却是一切加在一起"），所以照搬过来。

可以说这是首乡村歌曲，赞美自然、清新、快活的乡村生活，表达对姑娘的爱慕之情。全诗民风淳朴，富有感染力。

Song

Memory, hither come,
And tune your merry notes;
And, while upon the wind
Your music floats,
I'll pore[1] upon the stream
Where sighing lovers dream,
And fish[2] for fancies as they pass

Within the watery glass.

I'll drink of the clear stream,
And hear the linnet's[3] song;
And there I'll lie and dream
The day along;
And when night comes, I'll go
To places fit for woe,
Walking along the darken'd valley
With silent melancholy.

【注释】

1. pore：仔细打量，审视。
2. fish：捕鱼，钓鱼。
3. linnet：红雀。

【译文】

歌

回忆，请到这里，
吹几支欢快的曲子：
当你的乐曲
在风中飘舞，
我将注视那条小溪
叹气的情人们在那儿发呆，
当幻想在如镜的溪水里游过，

53

我将把它们钓起。

我要喝清澈的溪水,
我要听红雀的歌声;
我要在那儿躺下
做一整天梦
当夜晚来临,我就走向
与痛苦相宜的地方,
带着沉默的忧郁
走在黑暗的山谷。

【评析】

原诗有两个诗节,每个诗节大致的韵式是:ababccdd。在第 1 节中,叙述者连续发出两个动作:"dream"(做梦)和"fish"(垂钓)。张炽恒的"我将在流水旁沉思,/像梦中叹息的情侣"意思不符合原文。"watery glass"意思是"像水一样的镜子",在这里其实是形容溪水像镜子一样。所以张炽恒的译文"似水的明镜"意思错了。

这是失恋者之歌。往事不堪回首,想起从前和恋人在一起时的欢乐时光,此时浮现心头的只有惆怅、失落。

Mad Song

The wild winds weep,
And the night is a-cold;
Come hither, Sleep,
And my griefs infold[1]:
But lo! the morning peeps
Over the eastern steeps[2],
And the rustling[3] birds of dawn

The earth do scorn.

Lo! to the vault[4]
Of pavèd[5] heaven,
With sorrow fraught[6]
My notes are driven:
They strike the ear of night,
Make weep the eyes of day;
They make mad the roaring winds,
And with tempests play.

Like a fiend[7] in a cloud,
With howling[8] woe
After night I do crowd,
And with night will go;
I turn my back to the east
From whence comforts[9] have increas'd;
For light doth seize my brain
With frantic pain.

【注释】

1. infold: 包,抱。
2. steep: 斜坡,陡峭的山等。
3. rustling: 瑟瑟声,沙沙声。
4. vault: 拱顶,穹顶。
5. paved: 用砖石等铺地。
6. fraught: 充满。
7. fiend: 恶魔,魔鬼。

8. howling：极度的，完全的。
9. comfort：喜悦。

【译文】

疯狂之歌

野风哭泣，
夜晚凄寒；
来吧，睡意，
将我的悲伤遮掩：
可是看啊！曙光
已在东山窥望，
晨鸟窸窣振翅
轻蔑地离开大地。

看哪！我的歌
充满忧伤
被一路赶着
直抵上苍：
它在夜的耳畔激荡，
它让白昼眼泪流淌；
它使呼啸的风发狂，
它将暴风雨逗弄。

像云中的魔鬼，
有着撕心的痛苦

夜晚过后我就归群，
跟着夜一起离去；
我转身背向东方
因为喜悦在那边滋长；
日光让狂乱的苦痛
控制了我的头脑。

【评析】

这支歌是一个痛苦得几近疯狂的人发出的呼喊，撕心裂肺。夜晚的睡眠能使他（她）暂时忘记哀愁。随着白昼的来临，他（她）的痛苦也来临。本诗共3节，每节的大致韵式为：ababccdd。其实只有最后一节严格押韵，前两节韵式参差不齐，突出了叙述者处于发狂的境地，口不择言。

第2节中的"to the vault/Of paved heaven, / With sorrow fraught / My notes are driven"，穆旦的译文"但我的歌声/却充满了忧伤，/一直升抵天穹"，没有译出"driven"（驱赶）的意思；张炽恒的译文"向乌云/密布的天穹，/充满悲伤/我的歌被驱送"不合乎汉语的表达习惯。其中"paved"译成"乌云密布的"，也有点过。我译为"我的歌/充满忧伤/被一路赶着/直抵上苍"。第3节第6行中的"comforts"，张炽恒译为"安慰"，并加注释说："可能指使魔鬼害怕的圣灵的'安慰'，comforts有'圣灵'之意。"我赞同穆旦的译文，译为"喜悦"，这样更好理解，而且"comforts"本身就有喜悦的意思。

关于云中的魔鬼的意象，在后来的《经验之歌》中"婴儿的悲伤"一诗中有类似的描述，"Helpless, naked, piping loud, / Like a fiend hid in a cloud"（赤条条无力自助，哭号着，/像魔鬼藏在一片云里）。布莱克似乎很喜欢"云中的魔鬼"这一意象。其中有什么典故，还有待探讨。

Song

Fresh from[1] the dewy hill, the merry year
Smiles on my head and mounts his flaming car;

57

Round my young brows the laurel[2] wreathes[3] a shade,
And rising glories beam around my head.

My feet are wing'd[4], while o'er[5] the dewy lawn,
I meet my maiden risen like the morn[6]:
O bless those holy feet, like angels' feet;
O bless those limbs, beaming with heav'nly light.

Like as an angel glitt'ring[7] in the sky
In times of innocence and holy joy;
The joyful shepherd stops his grateful song
To hear the music of an angel's tongue.

So when she speaks, the voice of Heaven I hear;
So when we walk, nothing impure comes near;
Each field seems Eden, and each calm retreat[8];
Each village seems the haunt of holy feet.

But that sweet village where my black-eyed maid
Closes her eyes in sleep beneath night's shade,
Whene'er I enter, more than mortal fire
Burns in my soul, and does my song inspire.

【注释】

1. fresh from: 刚从……出来。

2. laurel: 月桂树，（表示荣誉的）桂冠，殊荣；月桂花冠传统上是献给诗人的奖品。

3. wreathe: 笼罩，覆盖；将……扎成圈（或环）。

4. wing'd: winged.
5. o'er: over.
6. morn:（诗）黎明，清晨。
7. glitt'r: glitter，闪烁，闪光。
8. retreat: 宁静的休息处所。

【译文】

歌

刚从结满露珠的山间走来，快乐的一年
在我头顶微笑，接着登上他喷火的车辇；
月桂花环将我稚嫩的额头遮挡，
我的头上升起荣耀之光。

我的双足生翅，越过露湿的草坪，
和我的姑娘相会，她像初生的黎明：
噢，祝福她的香足，只有天使才有；
噢，祝福她的四肢，闪着天堂的光辉。

仿佛一个天使在天空闪耀
纯真的年代，充满圣洁的喜悦，
快活的牧羊人停止愉快的歌声
倾听天使唱出的仙曲。

同样，当她开口，我听到天堂的声音；
当我们漫步，没有不洁的东西靠近；

每片田野,每个幽静处都像伊甸园;
每个村庄都像仙人时常光顾的地方。

可是我黑眼睛的姑娘在夜的阴影下
阖眼安眠在那座可爱的村庄,
每当我走进去,就有非凡的火
在我灵魂里灼烧,促使我放歌。

【评析】

原诗有五个诗节,每节的1、2行,3、4行分别押韵,为英雄双行体(heroic couplet)。每行五个音步,比较长,表达叙述者沉重的心情:他宛若天仙的、心爱的姑娘死去,生死相隔,他无限悲痛与惆怅。第2节第1行中的"o'er"是介词,意思应该是"越过",其前的"while"(在……期间,与……同时)修饰"My feet are wing'd"(我的双足生翅),指出时间,表明作者与情人相会的急切心情。我的译文"我的双足生翅,越过露湿的草坪,/和我的姑娘相会"与张炽恒的译文"双足生翼,当在凝露的草坪对面/我遇见我的姑娘出现"意思差不多。穆旦的译文"我的脚生着翅,在露湿的草地/我遇见我的姑娘",相会的地点译得不准确。

第1节中的月桂花环表明叙述者是个诗人,正好和诗末的"促使我放歌"相呼应。诗人回忆往昔和姑娘相会的快乐时光,可是如今村庄依旧,情人却化作黄土一抔,阴阳两隔,令人肝肠寸断。"女愁哭,男愁唱。"诗人只能用诗歌表达自己的哀思。诗歌开头的"结满露珠的山","露湿的草坪","她像初生的黎明"暗示,诗人是在早晨迫不及待地和姑娘相会。诗歌结尾提到夜晚,叙述者的语气由欢快转入凄凉。短短的一首诗,描述了两种截然不同的强烈情感,但不变的是相思。"问世间情为何物?直教人生死相许。"

Song

When early morn walks forth in sober[1] grey[2],
Then to my black – eyed maid I haste away;
When evening sits beneath her dusky[3] bow'r[4],
And gently sighs away the silent hour,
The village bell alarms, away I go,
And the vale[5] darkens at my pensive[6] woe.

To that sweet village, where my black – eyed maid
Doth drop a tear beneath the silent shade,
I turn my eyes; and pensive as I go
Curse my black stars and bless my pleasing woe.

Oft when the summer sleeps among the trees,
Whisp'ring faint murmurs to the scanty[7] breeze,
I walk the village round; if at her side
A youth doth walk in stolen joy and pride,
I curse my stars in bitter grief and woe,
That made my love so high and me so low.

O should she e'er prove false, his limbs I'd tear
And throw all pity on the burning air;
I'd curse bright fortune for my mixèd lot,
And then I'd die in peace and be forgot.

【注释】

1. sober: 冷静的，严肃的。
2. grey: 灰色衣服。

3. dusky：昏暗的，黑暗的。
4. bow'r：bower，阴凉处，凉棚；闺房。
5. vale：山谷。
6. pensive：深思的，沉思的；愁眉苦脸的。
7. scanty：（大小或数量）不足的，勉强够的。

【译文】

歌

当黎明穿着素雅的灰衣走来，
我就匆忙奔向我黑眼睛的姑娘；
当黄昏坐在幽暗的亭荫里，
轻轻叹息着打发沉默的光阴，
村里的钟敲响，我就离开，
我愁眉不展，山谷都变得昏暗。

我回头望着那座可爱的村庄
寂静的树荫下我黑眼睛的姑娘
垂过泪；我心事重重地向前走
诅咒煞星，庆幸我有甜蜜的哀愁。

常常，当夏天在树林里酣眠，
树叶对着清风喃喃低语，
我在她的村庄徘徊；如果在她身边
有小伙儿偷到欢心与荣耀，
我就哀怨地诅咒我的命运，

它使我的恋人如此高贵，而我如此卑微。

噢，要是她负心，我就把他扯得粉碎
把怜悯丢进愤怒的空气里；
我会因自己的坎坷而诅咒别人的好运，
然后我就平静地死去，被人遗忘。

【评析】

原诗每两行押韵。第3节中1、2、3行"Oft when the summer sleeps among the trees, /Whisp'ring faint murmurs to the scanty breeze/ I walk the village round"，其中的"Whisp'ring"（低语，耳语）是现在分词，表示伴随的动作，可以有两种理解：一、"trees"（树）发出的动作；二、"I"（我）发出的动作。我倾向于第一种理解。因为：一、"Whisp'ring"离"trees"更近；二、这个动作更像是 trees 发出来的，而不是我；三、这句话的重点在于我监视恋人身边有没有别的小伙博取了她的欢心，她是否移情别恋，重点在于"看"，而不是"说"；四、"Oft when the summer sleeps among the trees, /Whisp'ring faint murmurs to the scanty breeze"是交代我在村庄徘徊的时间背景和自然环境，夏季，微风拂面，树叶沙沙作响。所以我认为张炽恒的译文"当夏在树林中沉睡的时候，我常常/对着稀疏的微风含糊地喃喃低语着"不正确。另外，"I walk the village round"理解成"在村庄中徘徊"似乎更合理一些。张炽恒译文："绕着村庄徘徊"，穆旦译文："我就绕村徘徊"，绕着村庄走怎能看清村庄里面发生的事，怎能看清恋人身旁有没有别的小伙儿？"walk……around"有"绕着……走"的意思，也有"四处走动"的意思。比如："Shall we take a walk around the pond?"（我们绕着池塘散散步怎么样？）又如："You can walk around the old town and visit the National Museum."（你可以参观旧城和国家博物馆。）

这首诗写一个青年热恋一位姑娘，可谓朝思暮想：清晨就去看望她，直到傍晚才离开，边走边回头望，恋恋不舍。整天担心恋人移情别恋，如果恋人负心,他就妒火中烧,恨不得把情敌撕成碎片,同归于尽。诗中生动地写出青年的复杂心情:"诅咒煞星,庆幸我有甜蜜的哀愁。"他一方面抱怨夜晚来临他不得不离开姑娘,一方面又感谢命运给他思念姑娘的机会。痴情得近乎发狂。

To the Muses[1]

Whether on Ida's[2] shady brow[3],
Or in the chambers of the East,
The chambers of the sun, that now
From ancient melody have ceas'd[4];

Whether in Heaven ye[5] wander fair,
Or the green corners of the earth,
Or the blue regions of the air
Where the melodious winds have birth;

Whether on crystal[6] rocks ye rove[7],
Beneath the bosom of the sea
Wand'ring in many a coral[8] grove,
Fair Nine, forsaking[9] poetry!

How have you left the ancient love
That bards of old enjoy'd in you!
The languid strings do scarcely move!
The sound is forc'd, the notes are few!

【注释】

1. the Muses：缪斯女神。希腊神话中司诗歌及艺术的女神，共有九位。普遍认为最初只有三个缪斯：阿奥伊德（Aoide，歌，声音）、米雷特（Melete，实践，情况）和摩涅莫（Mneme，记忆），这三个缪斯体现了远古时代人们进行崇拜仪式时所需要的诗歌形式和技巧。后来缪斯才发展为九位，最经典的九位缪斯被认为是以下组合：欧特碧（Euterpe，音乐）、卡莉欧碧（Calliope，史诗）、克莉奥（Clio，历史）、埃拉托（Erato，抒情诗）、墨尔波墨（Melpomene，悲剧）、波莉海妮娅（Polyhymnia，圣歌）、特尔西科瑞（Terpsichore，舞蹈）、塔利娅（Thalia，喜剧）、乌拉妮娅（Urania，天文）。这九位缪斯体现了古希腊人对诗歌及艺术的完整理解。

2. Ida：艾达山在小亚细亚，据希腊神话，诸神曾在这座山上观望特洛伊战争（即荷马史诗《伊利亚特》中所歌唱的战争）。

3. brow：山脊，坡顶。

4. ceas'd：ceased，停止。

5. ye：（古）you。

6. crystal：水晶制的，水晶般的，清澈的。

7. rove：漂泊，漫游，徘徊。

8. coral：珊瑚。

9. forsake：抛弃，摒弃。

【译文】

致缪斯

无论在艾达山背阴的山脊，
还是在东方的殿堂，
太阳的殿堂，如今在那里

古代的旋律已成绝响;

无论你们在天国悠游,
还是大地的绿色角落,
或者空中的蓝色领域
悦耳的风的诞生地;

或者漫游在水晶岩石上,
或者在海洋的深处
在珊瑚丛中,
美丽的缪斯,你们把诗歌遗弃!

你们怎能遗弃那古老的爱情
古歌者在你们身上得到的享受!
倦怠的琴弦几乎不再颤动!
声音勉强发出,不成曲调!

【评析】

原诗的韵式为:abab/cdcd/efef/ghgh。第4节第3行中的"move"意思有两个:"动人"或"移动、颤动"。但在英语中"感动、动人",应为及物动词,而这里的"move"是不及物动词,所以应该理解为"移动、颤动"。而且前面有个修饰词"languid"(无精打采的,懒散的)。穆旦取义"动人"("那脆弱的琴弦难于动人"),我和张炽恒取义"颤动"(张炽恒的译文:"倦怠的弦丝几乎不再颤移!")。

布莱克是18世纪末叶和19世纪初的大诗人。从文学史上来说,属于前浪漫主义时代,虽然他与这个"主义"毫不相干。布莱克写这首诗时,正值18世纪60、70年代,英国诗坛不景气:约翰·弥尔顿(John Milton)属于一个世纪前,托马斯·格雷(Thomas Gray)的声音也渐行渐远,他和彭斯

（Robert Burns）刚起步，19世纪浪漫主义五位大诗人还没有出现。《诗的素描》是布莱克12岁之后20年间断断续续写成的作品。可见青少年时期的布莱克就忧心英国诗歌的发展前景，此诗正是表达了这种心情。不仅布莱克，比他早一些，在18世纪中期，托马斯·格雷和威廉·柯林斯（William Collins）分别在《诗歌的进步》（The Progress of Poetry）和《激情：音乐颂》（Passions: An Ode for Music）两首诗里表达过类似的主题：慨叹诗坛今不如昔，激励诗人们复兴古希腊诗歌的辉煌。

在这首诗里，布莱克仰慕的是古代，是过去，他推崇的诗人是"古歌者"（bards of old），他向往的是"古代的旋律"（ancient melody）。威廉·里奇（William Richey）细心地发现，布莱克的这首诗不仅渴望回到古代，更具体指出时间，要回归到荷马史诗描述的古希腊时代，因为第1行就指明地点"艾达山"（Ida）。在荷马史诗《伊利亚特》中，诸神曾在这座山上观望特洛伊战争。缪斯女神们惯常出没的山应该是帕那索斯山（Parnassus）或者赫利孔山（Helicon）。可见布莱克在此处特意指明是公元前12世纪特洛伊战争时期的希腊。① 接着，布莱克追随缪斯女神的足迹，遥望"……东方的殿堂，/太阳的殿堂"。威廉·里奇认为，像在弥尔顿的诗里一样，"东方"在这里指巴勒斯坦（Palestine）。② 也就是说，布莱克向往的是古希腊和古以色列，追慕的是古希腊诗歌的巅峰代表荷马史诗和古以色列的杰出作品《圣经》。在他看来，荷马史诗和《圣经》都是缪斯女神"古老的爱情"（第13行）的结晶，要想振兴英国诗歌，必须回归欧洲文学的伟大传统，到那里去寻找灵感。这一点和后世诗人T. S. 艾略特（T. S. Eliot）的看法一样。③ 布莱克一定支持这样的观点：文学的发展是周期性的。

---

① Richey, William, Blake's Altering Aesthetic, Columbia, Mo.: University of Missouri Press, 1996, p. 29.
② Richey, William, Blake's Altering Aesthetic, Columbia, Mo.: University of Missouri Press, 1996, p. 29.
③ 参见艾略特的文论《传统与个人才能》（Tradition and the Individual Talent）。

Gwin, King of Norway

Come, kings, and listen to my song:
When Gwin, the son of Nore,
Over the nations of the North
His cruel sceptre[1] bore;

The nobles of the land did feed
Upon the hungry poor;
They tear[2] the poor man's lamb, and drive
The needy[3] from their door.

'The land is desolate[4]; our wives
And children cry for bread;
Arise, and pull the tyrant down!
Let Gwin be humblèd!'

Gordred the giant rous'd himself
From sleeping in his cave;
He shook the hills, and in the clouds
The troubl'd banners wave.

Beneath them roll'd, like tempests[5] black,
The num'rous sons of blood;
Like lions' whelps, roaring abroad,
Seeking their nightly food.

Down Bleron's hills they dreadful rush,
Their cry ascends the clouds;

The trampling horse and clanging arms
Like rushing mighty floods!

Their wives and children, weeping loud,
Follow in wild array,
Howling like ghosts, furious as wolves
In the bleak wintry day.

'Pull down the tyrant to the dust,
Let Gwin be humblèd,'
They cry, 'and let ten thousand lives
Pay for the tyrant's head.'

From tow'r to tow'r the watchmen cry,
'O Gwin, the son of Nore,
Arouse thyself! The nations, black
Like clouds, come rolling o'er!'

Gwin rear'd his shield, his palace shakes,
His chiefs come rushing round;
Each, like an awful thunder cloud,
With voice of solemn sound:

Like rearèd stones around a grave
They stand around the King;
Then suddenly each seiz'd his spear,
And clashing steel does ring.

The husbandman[6] does leave his plough
To wade thro' fields of gore;
The merchant binds his brows in steel,
And leaves the trading shore;

The shepherd leaves his mellow[7] pipe,
And sounds the trumpet shrill;
The workman throws his hammer down
To heave[8] the bloody bill[9].

Like the tall ghost of Barraton
Who sports in stormy sky,
Gwin leads his host, as black as night
When pestilence10 does fly.

With horses and with chariots—
And all his spearmen bold
March to the sound of mournful song,
Like clouds around him roll'd.

Gwin lifts his hand—the nations halt;
'Prepare for war!' he cries—
Gordred appears!—his frowning brow
Troubles our northern skies.

The armies stand, like balances[11]
Held in th'Almighty's hand;—
'Gwin, thou hast fill'd thy measure up:

Thou'rt[12] swept from out the land. '

And now the raging armies rush'd
Like warring mighty seas;
The heav'ns are shook with roaring war,
The dust ascends the skies!

Earth smokes with blood, and groans and shakes
To drink her children's gore,
A sea of blood; nor can the eye
See to the trembling shore!

And on the verge of this wild sea
Famine and death doth cry;
The cries of women and of babes
Over the field doth fly.

The King is seen raging afar,
With all his men of might;
Like blazing comets scattering death
Thro' the red fev'rous night.

Beneath his arm like sheep they die,
And groan upon the plain;
The battle faints, and bloody men
Fight upon hills of slain.

Now death is sick, and riven[13] men

Labour and toil for life;
Steed rolls on steed, and shield on shield,
Sunk in this sea of strife!

The god of war is drunk with blood;
The earth doth faint and fail;
The stench[14] of blood makes sick the heav'ns;
Ghosts glut[15] the throat of hell!

O what have kings to answer for
Before that awful throne;[16]
When thousand deaths for vengeance cry,
And ghosts accusing groan!

Like blazing comets in the sky
That shake the stars of light,
Which drop like fruit unto the earth
Thro' the fierce burning night;

Like these did Gwin and Gordred meet,
And the first blow decides;
Down from the brow unto the breast
Gordred his head divides!

Gwin fell: the sons of Norway fled,
All that remain'd alive;
The rest did fill the vale of death,
For them the eagles strive.

The river Dorman roll'd their blood

Into the northern sea;

Who mourn'd his sons, and overwhelm'd

The pleasant south country.

【注释】

1. scepter：权杖；王权，君权。

2. tear：夺走。

3. the needy：贫困的人。

4. desolate：荒无人烟的，荒凉的。

5. tempest：暴风雨。

6. husbandman：农夫。

7. mellow：（声音）柔和的，丰富的。

8. heave：扔，抛，投掷。

9. bill：（砍断树枝用的）长柄弯刃之刀，钩刀。

10. pestilence：瘟疫。

11. balance：天平，秤。

12. Thou'rt：thou art，即 you are，对一人讲话时用。

13. riven：（古或诗）猛烈地撕开或劈开。

14. stench：臭气，恶臭。

15. glut：过量地食用，过饱；充分满足，使餍足，使烦腻。

16. throne：指上帝的宝座。

【译文】

葛文，挪威王

来吧，国王们，听我唱首歌：
当葛文，诺尔之子，
残酷地统治
北方民众之时；

当地的贵族就靠榨取
饥饿、贫穷的百姓过活；
他们抢走穷人的羔羊，将
贫苦人从门前赶走。

"土地荒芜；我们的妻儿
哭喊着要面包；
起来，推翻暴君！
灭掉葛文的气焰！"

巨人戈吉德在山洞里
从沉睡中苏醒；
他撼动群山，在云中挥舞
翻飞的旗帜。

旗帜下面，黑色风暴般涌动着，
无数的血性儿郎；
好像幼狮，四处咆哮着，

◀◀◀ 诗的描述

寻觅夜间的食物。

他们可怖地冲下布莱仑群山,
呐喊声直抵苍穹;
马蹄得得,刀剑铿锵
宛如奔涌的洪流!

他们的妻儿,高声哭喊
跟在后面,狂野的一群,
哀号如鬼,又如阴郁的
冬日里的狼一样狂怒。

"把暴君打倒在地,
灭掉葛文的气焰。"
他们高呼:"舍千万条性命
换取暴君的头颅。"

守望者的呼叫在城楼间传递,
"葛文啊,诺尔之子,
快行动起来!民众,黑压压
似乌云,滚滚而来!"

葛文举起盾牌,宫殿颤动,
将领们匆匆赶来;
每一个,都像可怕的雷云,
声音阴沉:

像竖起的石头围着坟墓

他们簇拥着国王；
突然间大家纷纷抓起长矛，
兵器碰撞发出鸣响。

农夫丢下犁锄
奔赴血染的战场；
商人戴上钢盔，
离开贸易口岸；

牧人丢弃悦耳的笛子，
吹响嘹亮的号角；
工匠扔掉锤子
操起血腥的钩刀。

像巴拉顿高大的幽灵
在布满暴风雨的空中嬉戏，
葛文率领大军，黑沉沉似
瘟疫肆虐时的夜晚。

骑着战马，驾着战车——
他所有勇敢的枪兵
朝着悲歌响起的地方进发
好像乌云在他身边翻滚。

葛文举起手——众人止步；
"准备战斗！"他高喊——
戈吉德出现了！——他紧锁的眉头
令北方的天空不安。

<<< 诗的描述

两军对峙,像托在
上帝手中的天平;——
"葛文,你的末日到了:
你被从大地上清除。"

接着,愤怒的人马冲杀起来
像相互撞击的巨大的海浪;
喧嚣的战争惊动了苍天,
尘埃一直升上高空!

大地呼出血气,呻吟颤抖,
将孩子们的鲜血畅饮,
血的海洋;眼睛望不到
战栗的海岸!

在这狂暴的大海的边上
饥饿和死亡在嚎叫;
女人和婴孩的哭声
在战场上空飘荡。

只见远处国王在发怒,
率领全部强壮的人马;
好像燃烧的彗星把死亡散布在
红色的灼热的夜晚。

他们像绵羊般倒在他的武器下,
在原野上呻吟哀叫;

厮杀渐弱,浑身血污的战士
在堆成山的尸体上搏斗。

此刻死神都变得无力,
被砍倒的人挣扎着求生;
马匹撵着马匹,盾牌压着盾牌,
都沉没在这争斗的海洋!

战神陶醉于鲜血;
大地昏沉、虚弱;
血腥气使天空害病;
鬼魂塞满了地狱的咽喉!

啊,在那令人生畏的宝座前,
国王们应受什么报应;
当千万个死者喊着要复仇,
当幽灵们呻吟着发出诅咒!

像空中炽燃的彗星
摇曳满天星光,
穿过灼烧的黑夜
果实般陨落地面;

就这样,葛文和戈吉德相遇,
初次交锋就决定胜负;
从额头一直到胸口
戈吉德劈开了他的头颅!

葛文倒下：挪威人溃逃，
那些还活着的人都逃走；
其余的填满了死亡之谷，
鹫鹰为争食他们而搏斗。

多曼河流淌着他们的鲜血
汇入北方的大海；
他为儿郎们哀悼，淹没了
南方那片乐土。

【评析】

第 2 节第 3 行"They tear the poor man's lamb, and drive"（他们抢走穷人的羔羊），tear 有"撕碎、使分离、夺走（take something roughly away from a person or place①）"的意思。连羔羊都不放过，可见统治者榨取民脂民膏之残酷。张炽恒的译文"他们撕食着穷人的面包"不知根据什么版本翻译的，或者他把 tear 理解成"撕"，lamb 引申为食粮、面包。第 4 节中"and in the clouds/The troubl'd banners wave"，张炽恒将 wave（摇动）理解成 banners（旗帜）发出的动作，因为 wave 和前面的 shook 时态不同，shook 显然是戈吉德所为（张炽恒的译文："他摇撼着山岗，在云中/动乱的旗帜飘动"）。但我认为，这节诗主要讲巨人戈吉德的行动，他是本诗的重要人物，占用一整节并不为过，因为要押韵，所以省略了 waved 末尾的字母 d。也就是说，wave 的主语应是戈吉德，"撼动""在云中"显然赋予戈吉德神话色彩。这种时态上的不一致在第 2 节诗中也出现过。在痛陈贵族的恶行时，第 1、2 行用的是过去时，第 3、4 行用的是一般现在时。第 11 节第 4 行"And clashing steel does ring"中，"steel"有"钢铁，兵器"等含义，张炽恒的译文"钢铁"（"钢铁碰撞，当啷乱响"），不好理解；我根据上文译成"兵器"。第 12 节

---

① 洪恩在线双向词典，http://study.hongen.com/dict/index.htm.

中 "The merchant binds his brows in steel, / And leaves the trading shore", 张炽恒译成 "商人用钢索链住跳板, /离开了贸易海岸"。商人上船奔赴战场还是坐船逃走？brows 的前面为什么加了限定词 his（他的）？难道在海边做生意的人都备有跳板吗？brows 虽然有 "跳板" 的意思, 但在此处好像讲不通。brows 也有额头、眉毛的意思, 这两行诗的意思大概是: 商人们用铁箍箍住额头, 离开贸易海岸去参战, 这就和前、后文中农民、牧人、工匠的行为相吻合, 所以我翻译成 "商人戴上钢盔, 离开贸易口岸"。第 16 节第 1 行 "Gwin lifts his hand—the nations halt", 张炽恒译成 "各民族停下了"。Nations 有 "国家、民族、国民" 的意思, 这个词还出现在第 1 节第 3 行 "Over the nations of the North", 我觉得还是理解成国民、民众比较好, 我的译文是 "众人止步"。第 18 节第 2 行 "Like warring mighty seas", 张炽恒译成 "像厮杀的汪洋大海"。seas 有 "海洋、波浪" 两个含义, 诗中出现五次 "sea" 这个词, 只有这一处是复数形式, 还是翻译成 "波浪" 更生动、容易理解, 也更符合原意, 所以我的译文是 "像相互撞击的巨大的海浪"。第 22 节第 4 行 "Fight upon hills of slain", 张炽恒译成 "在送死的山上厮拼"。slain 的意思是 "杀死" 或者 "被杀死的人", 在这里应该理解成后一种含义。我的译文是 "在堆成山的尸体上搏斗"。

张炽恒有三处译文特别好, 我直接采用了。比如将 Gordred 译成 "戈吉德", 符合英雄形象; 第 8 节中的 "and let ten thousand lives/Pay for the tyrant's head" 译成 "舍千万条生命/将暴君的头颅换取", 其中的 "舍" 很传神, 表达出民众誓死除掉暴君的决心; 倒数第 4 节中 "Which drop like fruit unto the earth" 译成 "像果子一样陨落到下界", "陨落" 一词用得好, 充分传达出诗人的原意, 暗示葛文的死亡。

这首诗采用民谣体（ballad）：每节诗有 4 行, 偶数行（2、4 行）押韵, 奇数行有 4 个音步, 偶数行有 3 个音步。民谣一般叙述悲剧性的主题, 开头突兀, 没有相应的或过多的背景介绍, 情节往往通过对话和行动展开, 进展迅速, 很快达到故事高潮, 有很强的戏剧性。现存的英格兰和苏格兰民谣大多作于 15 世纪, 最早由托马斯·珀（Thomas Percy, 1729—1811）于 18 世纪后半叶整理出版,书名《英诗辑古》(Reliques of Ancient English Poetry)。洛厄里(Lowery)认为,《葛文,挪威王》可能采用了《英诗辑古》中两首诗的韵式:"The Child of Elle"和"Edom o' Gordon"①。

这首诗叙述挪威王葛文残酷统治人民,最终被推翻的悲剧。诗歌开头没有介绍葛文的背景,直接叙述故事,因为葛文是所有暴君的象征和代表,没有必要说明他的具体情况。诗中多对话和行动描写,葛文和戈吉德相遇后结局立即呈现,没有半点拖泥带水。对于战争场面的描绘,有荷马史诗的气魄,恢宏、惨烈、细节丰富,"像托在/上帝手中的天平"(64~65行),则是对《伊利亚特》中宙斯用天平决定英雄阿基里斯和赫克托耳命运的模仿。诗中两次暗示挪威王葛文死亡的命运:"像竖起的石头围着坟墓/他们簇拥着国王"(41~42行),"像空中炽燃的彗星/……果实般陨落地面"(101~103行)。"啊,在那令人生畏的宝座前,/国王们应受什么报应;/当千万个死者喊着要复仇,/当幽灵们呻吟着发出诅咒!"(97~100行)这句愤怒的谴责穿越重重历史时空,传达出所有饱受暴政之苦的民众的心声。

全诗洋溢着激情澎湃的英雄气概,波澜壮阔的造反行动替代了任何政治改革的希望。巨人戈吉德像希腊神话中的英雄一样神勇。受压迫的人民没有能力反抗,只有等到超人戈吉德从类似冬眠中的状态苏醒。威廉·里奇(William Richey)认为戈吉德是"高贵的野蛮人"(noble savage),完全没有阶级意识,没有被套上任何精神枷锁。② 戈吉德身上有一种原始的、正义的力量。苏珊·J. 沃尔夫森(Susan J. Wolfson)注意到诗中用了一些类似的比喻来说明,暴政必然遭到人民以牙还牙,以眼还眼的反击③:"贵族就靠榨取/饥饿、贫穷的百姓过活",而饥饿的老百姓"好像幼狮,四处咆哮着,/寻觅夜间的食物";葛文率领大军,"黑沉沉似/瘟疫肆虐时的夜晚",义军则

---

① William, Richey, Blake's Altering Aesthetic, Columbia, Mo.: University of Missouri Press, 1996, p. 26, Note 23.
② William, Richey, Blake's Altering Aesthetic, Columbia, Mo.: University of Missouri Press, 1996, p. 27.
③ Susan J. Wolfson, "Blake's language in poetic form," Morris, Eaves ed., The Cambridge Companion to William Blake, New York: Cambridge University Press, 2002, p. 75.

"黑色风暴般涌动着";葛文的军队"好像乌云在他身边翻滚",而"民众,黑压压/似乌云!"沃尔夫森还指出,巨人戈吉德的名字(Gordred)在读音上大有讲究,一语双关①。当城楼上的守望者惊呼民众像乌云一样"滚滚而来"(rolling o'er)的时候,听上去仿佛在说"滚动的鲜血"(rolling gore)。如果说这里还在暗示一场血战的话,下文(第46行)就变成了"血染的战场"(fields of gore)。第73～74行与此呼应:"大地呼出血气,呻吟颤抖,/将孩子们的鲜血畅饮"(Earth smokes with blood, and groans and shakes/To drink her children's gore)。戈吉德的名字里面隐含着血腥气,这似乎在说,只有武装暴力,才能改变黑暗政治。更有趣的是,戈吉德的名字根据读音也可以拆成 gore – dread(惧怕鲜血的)和引起惧怕的原因 gored red(血红),这体现在第93行令人恐怖的意象里"red fev'rous night"(红色的灼热的夜晚)。所以戈吉德的名字有双重含义:引发血战和惧怕鲜血。惧怕鲜血又不得不为之,正所谓"官逼民反,民不得不反"。

  诗中反复用了 sea(海洋)一词:"Like warring mighty seas(像相互撞击的巨大的海浪)"(第70行),"And on the verge of this wild sea(在这狂暴的大海的边上)"(第77行)。诗人把厮杀的人们比作海浪,把血雨腥风的战场比作狂暴的大海。"A sea of blood; nor can the eye/See to the trembling shore!(血的海洋;眼睛望不到/战栗的海岸!)"(75～76行)"Steed rolls on steed, and shield on shield, /Sunk in this sea of strife!(马匹摞着马匹,盾牌压着盾牌,/都沉没在这争斗的海洋!)"人的肉眼只能看到眼前的一切,看不到远方;只能看到当时当地的情形,看不清漫长的历史进程和演化规律。"血的海洋",指人类历史上所有的战争和血腥屠杀。当戈吉德劈开国王葛文的头颅的时候,战争的原因和背景已经不重要了,它代表所有类似的历史瞬间。在这首诗里,"大海"这一意象既代表一段段具体的历史,也代表整个人类历史长河。

---

① Susan J. Wolfson, "Blake's language in poetic form," Morris, Eaves ed., The Cambridge Companion to William Blake, New York: Cambridge University Press, 2002, p. 75.

诗中大量使用自然景物来比喻人的力量:"旗帜下面,黑色风暴般涌动着,/无数的血性儿郎"(17~18行);"马蹄得得,刀剑铿锵/宛如奔涌的洪流"(23~24行);"民众,黑压压/似乌云,滚滚而来"(35~36行);"每一个,都像可怕的雷云"(第39行);"好像乌云在他身边翻滚"(第60行);"像相互撞击的巨大的海浪"(第70行)。人类爆发出来的威力可与自然的力量相比,甚至威胁到自然:"呐喊声直抵苍穹"(第22行);"他紧缩的眉头/令北方的天空不安"(63~64行);"喧嚣的战争惊动了苍天,/尘埃一直升上高空"(71~72行);"大地昏沉、虚弱;/血腥气使天空害病"(94~95行)。人类的疯狂与暴力连死神都招架不住:"此刻死神都变得无力"(第89行)。战争机器一旦发动起来,就变成了纯粹的屠杀:"战神陶醉于鲜血"(第93行)。可是最终,"大江东去",在永恒的自然面前,人类制造的一时的喧嚣消失得无影无踪,一切归于平静:"The river Dorman roll'd their blood/Into the northern sea"(多曼河流淌着他们的鲜血/汇入北方的大海)。诗歌最后两行音韵沉重:"Dorman, northern, mourn'd。"这首长诗以很轻的元音结尾:"country。"一切化作一声轻轻的叹息。

Blind Man's Buff[1]

When silver snow decks[2] Susan's clothes,
And jewel hangs at th' shepherd's nose,
The blushing bank is all my care,
With hearth[3] so red, and walls so fair;
'Heap the sea – coal[4], come, heap it higher,
The oaken log lay on the fire.'
The well – wash'd stools, a circling row,
With lad[5] and lass[6], how fair the show!
The merry can of nut – brown ale,
The laughing jest[7], the love – sick tale,
Till, tir'd of chat, the game begins.

The lasses prick[8] the lads with pins[9];
Roger from Dolly twitch'd[10] the stool,
She, falling, kiss'd the ground, poor fool!
She blush'd so red, with side – long glance
At hob – nail[11] Dick, who griev'd the chance.
But now for Blind man's Buff they call;
Of each encumbrance[12] clear the hall—
Jenny her silken 'kerchief folds,
And blear – eyed[13] Will the black lot holds.
Now laughing stops, with 'Silence! hush!'
And Peggy Pout[14] gives Sam a push.
The Blind man's arms, extended wide,
Sam slips between: — 'O woe betide
Thee, clumsy Will!'—but titt'ring Kate
Is penn'd up in the corner straight!
And now Will's eyes beheld the play;
He thought his face was t'other way.
'Now, Kitty[15], now! what chance hast thou,
Roger so near thee! —Trips, I vow!'
She catches him—then Roger ties
His own head up—but not his eyes;
For thro' the slender cloth he sees,
And runs at Sam, who slips with ease
His clumsy hold; and, dodging round,
Sukey[16] is tumbled on the ground! —
'See what it is to play unfair!
Where cheating is, there's mischief there.'
But Roger still pursues the chase, —

'He sees! He sees!' cries, softly, Grace;
'O Roger, thou, unskill'd in art,
Must, surer bound, go thro' thy part!'
Now Kitty, pert[17], repeats the rimes,[18]
And Roger turns him round three times,
Then pauses ere he starts—but Dick
Was mischief bent upon a trick;
Down on his hands and knees he lay
Directly in the Blind man's way,
Then cries out 'Hem!' Hodge[19] heard, and ran
With hood – wink'd[20] chance—sure of his man;
But down he came. —Alas, how frail
Our best of hopes, how soon they fail!
With crimson drops he stains the ground;
Confusion startles all around.
Poor piteous Dick supports his head,
And fain would[21] cure the hurt he made;
But Kitty hasted with a key,
And down his back they straight convey
The cold relief; the blood is stay'd,
And Hodge again holds up his head.
Such are the fortunes of the game,
And those who play should stop the same
By wholesome laws; such as all those
Who on the blinded man impose
Stand in his stead[22]; as, long a – gone,
When men were first a nation grown,
Lawless they liv'd, till wantonness

85

And liberty began t'increase,

And one man lay in another's way;

Then laws were made to keep fair play.

【注释】

1. Blind man's Buff：捉迷藏。

2. deck：装饰。

3. hearth：壁炉，炉膛。

4. sea-coal：(史)煤，海运煤（由纽卡斯尔海运至伦敦的煤）。

5. lad：男孩，少年，小伙。

6. lass：小女孩，少女。

7. jest：笑话，开玩笑。

8. prick：刺，扎，戳。

9. pin：大头针，饰针。

10. twitch'd：猛拉的。

11. hob-nail：乡巴佬的，土里土气的，粗野。

12. encumbrance：妨碍，阻碍；阻碍物。

13. blear-eyed：眼睛模糊的，近视的。

14. pout：生气，噘嘴。

15. Kitty：Kate 的昵称。

16. Sukey：亦作 Sukie，Susan 的昵称。

17. pert：活泼的，轻快的；莽撞的，无礼的。

18. rime：同 rhyme，同韵词，押韵词。

19. Hodge：霍奇，Roger 的昵称。

20. hood-wink：欺骗，欺瞒，蒙骗。

21. would fain：（诗中或旧时用语）乐意，欣然。

22. in sb's stead：代替某人。

【译文】

捉迷藏

当银色的雪花将苏珊的衣服装点，
当冰珠挂上牧羊人的鼻尖，
红红的炉火是我心所系，
炉膛红亮，火光映照四壁；
"把海煤堆起，来呀，把煤堆高，
把橡木劈柴放进炉火里烧。"
凳子擦洗干净，摆成一圈，
坐上少男少女，多悦目的景观！
栗色的啤酒，令人惬意，
逗乐的笑话，相思故事，
等到说够了，就开始鬼把戏。
丫头们用饰针扎小子；
罗杰突然抽走多莉的凳子，
她摔下来，可怜的傻瓜，来个嘴啃地！
她羞红了脸，斜眼瞟向
乡巴佬迪克，他正因这个意外而沮丧。
然而此时大家要玩捉迷藏了；
大厅里的障碍都被清理——
詹妮折好她的丝手绢，
视力差的威尔不幸抽中了签。
嬉笑随即停止："嘘！别说话！"
噘嘴佩吉推了山姆一把，
"瞎子"的双臂张的太宽，

山姆从中间溜过:——"嘿,倒霉蛋,
笨威尔!"——可是嗤笑的凯特
被一直逼进角落!
于是威尔看到了整个游戏的情况;
刚才他以为自己朝着相反的方向。
"嗳,凯蒂,嗳!你的好机会,
罗杰离你多近!——跑几步,我发誓!"
她抓住了他——随后罗杰拿丝帕系紧
自己的头——但没系好眼睛;
因为透过窄窄的帕子他能看见,
并冲向山姆,山姆轻巧地躲过
他笨拙的一抓;左躲右闪之际,
苏姬绊倒在地!——
"看,这就是作弊的下场!
哪里有欺骗,哪里就有灾殃。"
可是罗杰继续追赶——
"他看见了!他看见了!"格蕾丝轻声喊;
"嘿,罗杰,你技术太差,
必须,把眼睛蒙好,然后再耍!"
这是凯蒂,不客气地重复着,合辙押韵,
罗杰重新转了三圈,
停住,准备再次行动——可迪克这淘气鬼
一心想使坏;
他手脚着地,往下一趴,正好挡住
"瞎子"的去路,
然后大叫:"嘿!"霍奇听见,上了当
他循声跑去——确信能抓住对方;
但他倒下了。——天啊,多么脆弱

我们最大的希望,瞬间成乌有!
殷红的血滴落在地面;
引起一片惊恐和慌乱。
可怜的迪克扶着霍奇的脑袋,
他多想治愈自己造成的伤害;
倒是凯蒂立即想出办法,
让众人从霍奇背后径直递来
冷敷之物;血止住了,
霍奇的头又能抬起来。
这就是游戏的大致过程,
玩者为避免同样的不幸发生,
应制定有益的游戏规则,比如那些
欺负"瞎子"的人,
自己也会身受;亦如,在远古,
在国家形成之初,
民众的生活没有律法,直到任性
胡为开始滋生,
人们相互伤害;
法律因而诞生以求公道。

【评析】

这首诗基本上采用抑扬格四音步,两行一韵的句式(rhymed coulet),韵式严整,与标题儿童游戏"捉迷藏"似乎不和谐。可是读到后来就会发现,诗人谈的是非常严肃的话题,告诫人们要遵守游戏规则,遵守社会法律规范,不能恣意胡为,否则终将遭受惩罚。这就做到了形式与内容统一。

第2行中的"jewel"意思是宝石,张炽恒的译文"当宝石悬挂在牧人的鼻梁"和穆旦的译文"珠玉垂挂在牧童的鼻孔上"是直译,但难以理解。"jewel"在这里应该比喻冰霜,因此我译为"当冰珠挂上牧羊人的鼻尖"。第

89

28行"He thought his face was t'other way."我和张炽恒、穆旦的理解不同，我译为"刚才他以为自己朝着相反的方向"。蒙住眼睛的人方向感常常是错的。张炽恒和穆旦的译文则分别是"他觉得脸面焕然一新"和"他以为他神气得不得了"。第30行中的"Trips"意为"轻快的步伐"或者"错误、过失"。我采用前者，译为"跑几步"，因此有下文"她抓住了他"。张炽恒采用后者，译为"偏啦！"（"罗金离你那么近！——真的，偏啦！"）这和下文"她抓住了他"矛盾。第43行中的"pert"意为"活泼的，轻快的"或者"莽撞的，无礼的"。张炽恒和穆旦的译文都采用后一含义，分别译为"凯蒂这冒失鬼"和"凯蒂冒失地把话重复一遍"。我综合了两种词义，译为"不客气地重复着"。根据下文，最后还是凯蒂急中生智，想出解决问题的办法，凯蒂是很机敏的姑娘，用"冒失"形容她不合适。57至59行"But Kitty hasted with a key, /And down his back they straight convey/The cold relief"。"key"的意思是"钥匙；题解，答案"。"convey"的意思是"输送，传递"。我译成："倒是凯蒂立即想出办法，/让众人从霍奇背后径直递来/冷敷之物。"张炽恒和穆旦的译文分别是"但西蒂赶过来拿出了秘诀，/他们在他的背上，直接/进行冷敷"和"但凯蒂拿着钥匙匆匆跑开，/于是他们朝他的背浇下来/一桶冷水"。在背上进行冷敷和往后背浇水，这种治疗方法不合常理。

这首诗的开头极富乡土气息和生活情趣。第1行多"s"音，节奏缓慢、悠长，模仿雪花飘落的意境。飘雪、结冰的冬日，乡村的少男少女围坐在暖暖的炉火旁，惬意地喝着自酿啤酒，讲笑话、讲爱情故事、互相捉弄、玩捉迷藏游戏。这些正是青春萌动的半大孩子喜欢做的事，在游戏的过程中可以看出人物关系和人物性格。多莉和迪克彼此有意，所以多莉被人捉弄之后，她不由自主地瞟向迪克，这里面有羞涩，也有求助，而迪克则寻机报复，替心上人出气。罗杰、佩吉、山姆很调皮。罗杰捉弄了多莉，佩吉推了山姆一把，山姆则嘲笑"瞎子"威尔是倒霉蛋。苏姬和凯蒂是好姐妹，苏姬指点凯蒂捉住了罗杰。凯蒂爱笑，遇事有主张。罗杰偷看时，她不客气地让他把眼睛蒙好再玩。罗杰鼻子流血，别人乱作一团，凯蒂则立即想出应对之策。诗中有很多人物话语和动作描写，游戏场景活灵活现。

诗中人物的名字也有讲究。威尔的英文是 will（意志），诗中用 blear-eyed（眼睛模糊的）形容他，说明民众意志薄弱，迫切缺乏自我约束力，需要法律、规则约束人们的行为。格蕾丝的英文是 grace（优雅），所以别人都大声大气地说话，她只是"轻声喊"。苏珊（Susan）的名字来自希伯来语，意思是百合花，在西方，苏珊令人联想到美丽、有着致命吸引力的女人，所以诗中第 1 行就提到"当银色的雪花将苏珊的衣服装点"。诗人选用的是苏珊，而非其他女孩的名字。另外，诗人有时模仿乡下孩子互相起外号的习惯，直接在人物名字前面加上能表现人物外貌特点的词，如"乡巴佬迪克""噘嘴佩吉"。

所有欺负别人或者不遵守游戏规则的孩子都受到了惩罚。罗杰捉弄了多莉，结果摔倒在地，鼻子流血。罗杰眼睛没蒙好，凯蒂督促他把眼睛蒙好再玩。苏姬指点凯蒂捉住罗杰，结果苏姬绊倒了。迪克报复了罗杰，但自己的良心深受折磨。这首诗以轻松的游戏开头，以沉重和严肃的气氛收场。

雪花和炉火形成对比。如果外面的雪花象征人类的自然本性，那么室内的炉火象征人们内心的道德感。这首诗的场景由室外过渡到室内，其内容重点在于描写人们内心的道德约束。

A War Song to Englishmen

Prepare, prepare the iron helm of war,
Bring forth the lots[1], cast in the spacious orb[2];
Th' Angel of Fate turns them with mighty hands,
And casts them out upon the darken'd earth!
Prepare, prepare!

Prepare your hearts for Death's cold hand! Prepare
Your souls for flight, your bodies for the earth;
Prepare your arms for glorious victory;
Prepare your eyes to meet a holy God!

Prepare, prepare!

Whose fatal scroll[3] is that? Methinks 'tis mine!
Why sinks my heart, why faltereth my tongue?
Had I three lives, I'd die in such a cause,
And rise, with ghosts, over the well – fought field.
Prepare, prepare!

The arrows of Almighty God are drawn!
Angels of Death stand in the louring[4] heavens!
Thousands of souls must seek the realms of light,
And walk together on the clouds of heaven!
Prepare, prepare!

Soldiers, prepare! Our cause is Heaven's cause;
Soldiers, prepare! Be worthy of our cause:
Prepare to meet our fathers in the sky:
Prepare, O troops, that are to fall to – day!
Prepare, prepare!

Alfred shall smile, and make his harp rejoice;
The Norman William, and the learnèd Clerk,
And Lion Heart, and black – brow'd Edward, with
His loyal queen, shall rise, and welcome us!
Prepare, prepare!

【注释】

1. lot：阄，抓阄。
2. orb：球，圆形物。
3. scroll：（常用于录写正式文件的）纸卷，卷轴。
4. lour：皱眉头，作怒相，（指天气、云）变阴暗。

【译文】

给英国人的战歌

准备好，准备好战盔，
拿出骰子，扔进这阔大的容器里；
命运之神用一双巨手将它们转动，
再将它们抛向黑暗的大地！
准备好，准备好！

让你们的心准备承受死神冰冷的手！准备
让灵魂飞升，让肉体归于大地；
准备张开双臂拥抱辉煌的胜利；
准备好眼睛去见神圣的上帝！
准备好，准备好！

那是谁的生死簿？我想是我的！
我的心为何下沉，我的舌头为何打战？
假如有三条命，我都愿为这样的事业牺牲，
然后和鬼魂们一同升起，升临激战的战场。
准备好，准备好！

万能的上帝之箭已被抽出！
死神的使者站在阴沉的天空上！
万千灵魂必须寻觅光明的国度，
并在天国的云中一同行走！
准备好，准备好！

士兵们，准备好！我们的事业是天国的事业；
士兵们，准备好！不要辱没我们的事业：
准备在天上和我们的祖先相逢：
准备好，军队啊，注定要在今天覆灭！
准备好，准备好！

阿尔弗雷德将微笑，让竖琴奏出欢庆的乐音；
诺曼人威廉，博学的教士，
狮心王，黑眉毛的爱德华，还有
他忠诚的王后，将会复活，欢迎我们到来！
准备好，准备好！

【评析】

诗中，一个预言者号召大家拿起武器，投入正义的战斗，"我们的事业是天国的事业"。第1节第4行中的"黑暗的大地"，暗示整个英国甚或整个人类都处于黑暗之中。预言者预言战士们将在今天的战斗中牺牲，但他们会获得最大的荣光：他们的灵魂将升上天堂，见到上帝。全诗的节奏类似行军的步伐，"Prepare"一词反复出现，短促、有力，有一种紧迫感，充满了澎湃的爱国主义激情。

诗歌最后列举了英国历史上的几位国王：阿尔弗雷德大帝（Alfred the Great, 849—899）、征服者威廉（William the Conqueror, 1066—1087）、儒雅

王亨利一世（Henry Ⅰ，1100—1135）、狮心王理查德（Richard，1189—1199）、爱德华三世（Edward Ⅲ，1312—1377）。阿尔弗雷德大帝是西萨克斯（Wessex）国王，他率领民众经过长期艰苦卓绝的斗争，最终击败丹麦人，收复失地。威廉是法国诺曼底公爵，1066年他率军入侵英国，这就是英国历史上著名的"诺曼征服"。同年，威廉成为英格兰第一位诺曼人国王。亨利一世懂拉丁文，绰号"儒雅者（Beauclerc）"，在位期间励精图治，于1106年渡海至法国，在坦什布赖战役中击败竞争对手诺曼底公爵罗贝尔二世。在英国，狮心王理查德作为骁勇的战士家喻户晓，他曾率领十字军东征，赢得多场战役的胜利。爱德华三世于1337年对法宣战，拉开英法百年战争的序幕。

我的译文和张炽恒的译文相比，第1节和最后一节有很大差异。张炽恒特意加注指明，最后一节提到的五个人"均为英国历史上的国王"[①]。"The Norman William"和"the learnèd Clerk"张炽恒分别译为"诺曼·威廉"和"博学的克勒克"。我查了些资料，英国历史上并无叫这两个名字的国王。"Norman"应该是诺曼人的意思，"the learnèd Clerk"应该是亨利一世的绰号"儒雅者（Beauclerc）"的变形：beau（learned）+ clerc（Clerk）。（张炽恒的第一节译文："准备着，准备好那些铁的战盔，/把它们备齐，造成大大的圆围；命运之神的大手将它们卷曲，/把它们抛出去抛向黑暗的大地！/准备着，准备着。"最后一节译文："阿尔弗雷德将微笑，让竖琴奏出欢庆的乐声；/诺曼·威廉，还有那博学的克勒克/和狮心王，还有那浓眉的爱德华，将和/他忠诚的皇后，一起出现，迎接我们！/准备着，准备着。"）

在布莱克众多的诗作中，这首诗并不引人注意，但其铿锵、豪迈的诗行可以帮助我们体会布莱克诗风的多样性。雪莱也写过一首《给英格兰人的歌》（Song: To The Men of England）。两位大诗人都始终关注自己所生活的时代。

[①] 威廉·布莱克著、张炽恒译：《布莱克诗集》，上海三联书店1999年版，第33页。

天真与经验之歌

Songs of Innocence and of Experience

(Engraved 1789—1794)

Songs of Innocence

Introduction

Piping down the valleys wild,
Piping songs of pleasant glee[1],
On a cloud I saw a child,
And he laughing said to me:

'Pipe a song about a Lamb!'
So I piped with merry cheer.
'Piper, pipe that song again.'
So I piped: he wept to hear.

'Drop thy pipe, thy happy pipe;
Sing thy songs of happy cheer.'
So I sang the same again,
While he wept with joy to hear.

'Piper, sit thee down and write
In a book, that all may read.'
So he vanish'd² from my sight,
And I pluck'd³ a hollow reed,

And I made a rural pen,
And I stain'd the water clear,
And I wrote my happy songs
Every child may joy to hear.

【注释】

1. glee：欢喜，高兴；格里（三部或四部重唱曲）。
2. vanish：消失，突然不见。
3. pluck：采，摘，拔。

【译文】

序诗

吹着笛子，我走下野山谷，
正吹着欢快的小调，
看见云中有个小孩，
冲我笑说道：

"来支羔羊曲！"
我便美滋滋地吹了。
"吹，把那歌再吹一遍。"

我就又吹一遍：他听着流了泪。

"放下笛子，那欢快的笛子；
唱唱高兴的歌。"
我于是把那歌又唱一遍，
他听着流下欢喜的泪。

"吹笛人，坐下写，
写成书，大家都能看到。"
他随即从我眼前消失，
我拔起一根空心苇草，

制成有泥土味的笔，
蘸上清清的水，
写下欢乐的歌
每个孩子都喜欢听。

【评析】

  这是《天真之歌》的开篇之作，指明是为孩子们而写，是童谣或儿歌。诗人有两个目的：一、让孩子们都能在书里读到这些诗歌，让文字为弱者服务，让所有的孩子都能有机会欣赏文字的美，从中得到愉悦；二、为幼小的心灵代言，写出孩子们的痛苦与欢乐。

  诗中提到羔羊。羔羊在基督教中有特殊含义。基督徒视耶稣为"神的羔羊"，神差遣耶稣为世人所犯下的罪恶赎罪、牺牲，即所谓"替罪羔羊"。"耶和华使我们众人的罪孽都归在他身上。/他被欺压，在受苦的时候却不开口/他像羊羔被牵到宰杀之地，/又像羊在剪毛的人手下无声，/他也是这样不开口。"（以赛亚书，53：6~7）同时，耶稣被视为"好牧人"，为上帝看管羊,即人。张炽恒的译文在第1节第3行加注说,"小孩"指"耶稣"①,很有道理。小孩指神子耶稣,所以他在听羔羊曲时内心触动,两次落泪。

野山谷、芦苇、清清河水、小孩、羔羊、牧歌,这一切构成一个纯真、自然的世界,和诗集名《天真之歌》相呼应。

因为诗中提到羔羊(开头字母用了大写),提到小天使般的耶稣以及耶稣欢喜的泪水,这就使诗意复杂起来,不似看上去那么简单。耶稣两次流泪使人心情沉重、不安。诗中的孩子不是一般的孩子,用清水书写的文字是看不见的,只有用心去体会,诗人写的是人的心灵。诗人能够和神子对话并直接听取命令,布莱克赋予诗人与神相通的无上荣耀。神创造天地万物,诗人在文字中为人们创造另一个可能更加完美的世界:"每个孩子都喜欢听。"事实证明,不仅是孩子,多少学者都被布莱克的《天真之歌》所吸引和打动。学者马什(Nicholas Marsh)提醒我们注意这首诗故事情节的发展过程。一开始吹笛人即兴吹奏,漫无目的,云中的孩子对他提出具体要求,让他吹羔羊曲,而且让他一连吹了两遍。接着让吹笛人唱歌,吹笛人把羔羊曲又唱了一遍,"我于是把那歌又唱一遍"。可见羔羊曲不仅有曲,还有歌词。歌词的含义比曲子更具体。最后歌变成了文字,因为孩子让他写成书。即兴吹奏、随风飘散的曲子最终变成了永恒不变的文字。马什认为这可能写的是诗人的创作过程。②诗人受到触动,灵光一现,然后诉诸文字,形成文学作品,和读者分享他的感受,"写成书,大家都能看到"。诗人的创作初衷是自我满足,表达内心的深切感受,就像即兴吹奏的吹笛人,在野谷中自娱自乐。然而,当这一切被用文字记载下来、被读者看到的时候,诗人就肩负起了社会责任。

原诗偶数行都押韵,1、3行,13和15行,第7行和第11行也分别押韵。"chear""again"重复两次,"hear"重复三次,韵式看似简单,实则复杂。最后一节头两行杨苡的译文特别好,传神地表达出了作者的原意。"我做成一支乡土味的笔,/我把它往清清的水里一蘸"。"rural"(乡村的,乡下

---

① 威廉·布莱克著、张炽恒译:《布莱克诗集》,上海三联书店1999年版,第55页。
② Nicholas Marsh, William Blake: The Poems, New York: Palgrave, 2001, p.11.

的）和"stain"（染污，搅浑）两个词译得真好。诗人用"rural"一词表明，他要写的是更加贴近自然的乡村而非城市。"stain"要表达的意思刚好相反，诗人将河水搅浑，对原始的自然状态进行了干预，其实吹笛人（诗人）一出场，就用笛声改变了野山谷的自然状态，但诗人凭借的是芦苇草和笛子，他尽可能保存自然的原始状态，同时又使自然更活泼生动。

今天的读者看到第2行末尾的词"glee"，会想到"欢乐，欢快"，但对于布莱克来说，他更熟悉"glee"的另外一个意思：多声部歌曲。在布莱克生活的时代，随处可见"格里俱乐部"（Glee Clubs）。希尔顿（Nelson Hilton）认为，"glee"一词是对任何企图对布莱克的诗做单一解释的人的告诫，布莱克的诗往往有多种含义，是"多声部"的。①

The Echoing Green

The Sun does arise,

And make happy the skies;

The merry bells ring

To welcome the Spring;

The skylark and thrush,

The birds of the bush,

Sing louder around

To the bells' cheerful sound,

While our sports shall be seen

On the Echoing Green.

Old John, with white hair,

Does laugh away care,

---

① Nelson Hilton, "Blake's Early Works", Ed., Morris Eaves, The Cambridge Companion to William Blake, New York: Cambridge University Press, 2002, p.199.

Sitting under the oak,
Among the old folk.
They laugh at our play,
And soon they all say:
'Such, such were the joys
When we all, girls and boys,
In our youth time were seen
On the Echoing Green.'

Till the little ones, weary,
No more can be merry;
The sun does descend,
And our sports have an end.
Round the laps of their mothers
Many sisters and brothers,
Like birds in their nest,
Are ready for rest,
And sport no more seen
On the darkening Green.

【译文】

荡着回声的草地

太阳升起来,
天空露笑脸;
快乐的钟声齐鸣

欢迎春天来临；
画眉和云雀，
树丛中的鸟群，
四处叫声更响
和着欢乐钟声唱，
这时能看到我们嬉戏
就在荡着回声的草地。

老约翰，白了头，
笑声爽朗无烦忧，
坐在橡树下面，
坐在老伙伴中间。
看我们玩耍他们笑，
随后他们说道：
"也是，也是这么欢快
当我们还是男孩女孩，
年少时人们看我们嬉戏
就在荡着回声的草地。"

直到小家伙们累了，
再没精神玩乐；
太阳落下去，
游戏到此结束。
簇拥在妈妈周围
各家兄弟姐妹，
像小鸟归了巢，
准备进入睡眠，
再看不到有人嬉戏

在那暗下去的草地。

【评析】

此诗用的是双行体，每两行押韵。

少年时代在草地上尽情嬉闹的小孩子如今变成了白头老者，他们坐在树下观看孩子们在草地上玩耍时回忆起自己的童年，从前他们也是这么无忧无虑，天真快活。草地上荡漾的回声一定是欢声笑语，是世世代代在这里玩耍的小孩子的笑声，也是世世代代坐在橡树下看孩子玩耍的老人们的笑声。草地在黄昏中越来越暗，毫无疑问，第二天随着太阳的升起，草地上又会充满光明与欢笑。"The Sun does arise"（太阳升起），"The Sun does descend"（太阳落下），这两句用了强调句，有一种庄严的仪式感，诗的开头与结尾构成一个循环，岁月周而复始，此情此景周而复始。永恒的草地，永恒的老人与孩子。一代又一代的读者读到这首诗的时候都会发出会心的微笑，这是我们共同的童年的记忆与欢乐。诗的开头呈现出一幅春光明媚、百鸟欢鸣的景象，人类的童年就好比春天。白天孩子们在草地上嬉戏，像小鸟一样快活；黄昏孩子们玩累了，纷纷回到家里，回到妈妈身边，就像小鸟归巢，准备酣睡，人类的活动完全和自然的变化一致。草地、孩子、橡树、老人、欢笑、鸟鸣融合在钟声里，人与自然是那么亲密、和谐。一块草地、一片春光就能给人类带来无限的欢乐，自然提供给人类简单而又永恒的幸福。随着科技的发展，可供人类娱乐的东西越来越多。今天，困在室内摆弄各种玩具的孩子远比草地上无拘无束畅玩的孩子可怜。诗中"Sun"和"Green"开头字母大写，强调了自然的伟大力量。"老约翰"是典型的乡下老人的形象，他的生命轨迹顺从自然、依赖自然，年少时尽情嬉戏，年老时从孩子身上找回了过去的欢乐，所以他能够从容自在，"笑声爽朗无烦忧"。

诗名我用了"荡着回音的草地"，偶然见到这个诗题，很喜欢，采用了，后来才知道出自屠岸之手。屠岸的译文韵式严整，完全和原诗一致。尤其是开头"太阳升起，/满天欢喜"一句译得很好。但他的译文也不是完美无缺。例如，"seen"（被看）是这首诗中很重要的词，每节诗的倒数第2行末尾都出现了这个词。从"被人看"变成"看别人",每个人都会经历从童年到老年这样一个过程。出现在这首诗中的孩子和老人都被诗人和读者看着。诗人和读者在看别人的时候也在审视自己的人生。这些意思屠岸的译文没体现出来(第1节末尾两行屠岸的译文是:"这时候我们游戏/在荡着回声的草地。"没有将原文的"看"字翻译出来)。第1节第7行屠岸译成"围着快乐的钟响",意义不通。这首诗后半部的译文以杨苡的为胜。从第2诗节起至末尾,杨苡的译文韵式整齐,活泼自然,符合原诗的精神和语气。

草地专属孩子所有,是天真的儿童世界。富于人生经验的老人离开草地,坐在橡树底下,在大树的荫蔽之下。布莱克的诗中常常出现橡树。因为"在当时的通俗文化中,橡树通常和英格兰联系在一起"①。孩子的现在是老人的过去,老人的现在是孩子的未来。童年和老年相呼应,过去、现在与未来相呼应,人类的生命周期和自然的变化相呼应。这可能就是诗题"The Echoing(回声,呼应)Green"的含义。这首诗也和《天真之歌》中另一首诗《保姆的歌》(Nurse's Song)的第1行"当草地上传来孩子们的喧闹"(When the voices of children are heard on the green)相呼应。

这首诗分为3个诗节,分别象征人生的三个阶段:童年、老年、死亡。整首诗欢欣、愉悦,可是诗歌末尾渐渐"暗下去"的草地暗示,在这表面上的快乐背后有什么事在悄悄发生,那就是时间流逝,岁月不饶人。

The Lamb

Little Lamb, who made thee?
Dost thou know who made thee?
Gave thee life, and bid[1] thee feed,
By the stream and o'er the mead[2];
Gave thee clothing of delight,

---

① Kevin, Hutchings, Imagining Nature: Blake's Environmental Poetics, Montreal: McGill – Queen's University Press, 2002, p. 214.

Softest clothing, woolly, bright;
Gave thee such a tender voice,
Making all the vales rejoice?
Little Lamb, who made thee?
Dost thou know who made thee?

Little Lamb, I'll tell thee,
Little Lamb, I'll tell thee:
He is callèd by thy name,
For He calls Himself a Lamb.
He is meek, and He is mild;
He became a little child.
I a child, and thou a lamb,
We are callèd by His name.
Little Lamb, God bless thee!
Little Lamb, God bless thee!

【注释】
1. bid: 命令，吩咐。
2. mead: 草地。

【译文】

羔羊

小羊羔，谁造了你?
你知道是谁造了你?

谁赋予你生命，吩咐你
在小溪边和青草地觅食；
谁给你好看的衣裳，
最柔软，毛茸茸，闪亮光；
谁给你这么柔和的声音，
让山谷听了都欢欣？
小羊羔，谁造了你？
你知道是谁造了你？

小羊羔，我来告诉你，
小羊羔，我来告诉你：
他的名字和你的一样，
因为他自称羔羊。
他温顺，他和蔼；
他变身为一个小孩。
我是小孩，你是羔羊，
咱俩的名字和他的一样。
小羊羔，上帝保佑你！
小羊羔，上帝保佑你！

【评析】

这首诗被认为是布莱克最成功的诗作之一。古代犹太人习惯把羔羊当祭品献给上帝，以换取耶和华对他们平日所犯之罪的饶恕。通常想赎罪的人会牵一只无瑕疵的羔羊让祭司检查，若没有问题，犯罪的人将手按在羔羊的头顶，然后把羊杀掉，放在祭坛上焚烧。古代犹太人认为，当罪人把手按在羔羊头上时，他所有的罪就归在羔羊身上，无罪的羔羊替他去死，去受惩罚。在基督教中，耶稣被视为"神的羔羊"，神差遣耶稣为世人所犯下的罪恶赎罪，是"替罪羔羊"。"耶和华使我们众人的罪孽都归在他身上。/他被欺压，在受苦的时候却不开口/他像羊羔被牵到宰杀之地,/又像羊在剪毛的人手下无声,/他也是这样不开口。"(以赛亚书,53:6~7)"次日,约翰看见耶稣来到他那里,就说:'看哪,神的羔羊,除去世人罪孽的。'"(约翰福音,1:29)诗中提到的"他"即是耶稣,神的儿子,上帝的独生子。屠岸的译文特意加注说,"这首诗中的'他'指上帝"①。圣经中的神是三位一体的:圣父(上帝或耶和华)、圣子(耶稣或基督)、圣灵。圣父、圣子、圣灵是上帝存在的三种不同方式,从这个角度来说,屠岸的说法也对。根据基督教,上帝创造天地万物,羔羊当然也是上帝造出来的。所以诗中的"他"既指上帝,又指耶稣,"他自称羔羊"(第2节,第4行)。

  这首诗的形式比较特殊,把缩进去的部分连起来看,就是两次追问"小羊羔,谁造了你?/你知道是谁造了你?"小羊羔是不可能回答这个问题的,于是提问者自问自答:"小羊羔,我来告诉你。"提问者是个孩子,语气天真,但提出的问题却是千百年来无数哲人一直追问的。孩子思考出的答案可能出于他对周围世界的观察:他看到小羔羊毛皮柔软、漂亮,在溪水边、草地上无忧无虑地喝水、吃草,叫声柔和、好听,使人心情愉快。他认为创造出小羔羊的上帝也一定像小羔羊或者他身边的小伙伴一样温柔、可爱。如果是这样,那么纯真的小孩子有一种天然的信仰,他的信仰依赖于他纯真的眼睛看到的一切美好事物。孩子的回答也可能基于对简单的宗教知识的推理:耶稣是神的羔羊,是神之子,化身为小孩;我是小孩,你是羔羊,那么我们就和耶稣一样;上帝保佑耶稣,当然也会保佑我们——"小羊羔,上帝保佑你!"诗人赋予孩子和羊羔无比圣洁的地位,等同于耶稣。羊羔是纯洁的象征。当耶和华击杀埃及的一切头生的,无论是人是牲畜的时候,他吩咐犹太人将羔羊血涂在门框上和门楣上,耶和华见到羔羊血就越过去。纯洁的羔羊、天真的孩子、顺从的耶稣都是弱者,弱者是最受上帝眷顾的,弱者最尊贵、最有大能。圣经中说:"他们与羔羊争战,羔羊必胜过他们,因为羔羊是万主之主,万王之王。"(启示录,17:14)诗的末尾一再肯定地说"小羊

---

  ① 屠岸编译:《英国历代诗选》,译林出版社2006年版,第261页。

羔，上帝保佑你!"这是一首让弱者得到安慰的诗。

布莱克赞美了上帝无与伦比的创造力。小羔羊悦目的衣裳、飘荡在山谷间柔和的叫声以及在小溪边和青草地吃草的习性，小孩子的纯真、快乐，无一不体现出上帝创造力的完美。这是一首远离世间一切烦恼的诗。

The Shepherd

How sweet is the Shepherd's sweet lot[1] !
From the morn to the evening he strays[2] ;
He shall follow his sheep all the day,
And his tongue shall be filled with praise.

For he hears the lamb's innocent call,
And he hears the ewe's[3] tender reply;
He is watchful while they are in peace,
For they know when their Shepherd is nigh[4].

【注释】

1. lot：命运，运气；生活状况。
2. stray：走失，迷路。
3. ewe：母羊。
4. nigh：在……附近。

【译文】

牧羊人

牧羊人的好运可真好！

从早晨游走到傍晚；
整天追随着羊群，
口中不停地称赞。

他听到羔羊稚嫩的呼叫，
听到母羊柔声回应；
他警觉着，它们安心，
因为知道牧人就在附近。

【评析】

  原文偶数行押韵，只有简单的两个诗节，却写出牧羊人的生活状态。牧人的生活简单而又艰辛，每天从早到晚随着羊群到处转，时刻警惕着，密切注意周围的动静。在牧人的精心呵护下羊群平安无事。羔羊天真地呼唤，母羊温柔地应答，这温馨的场景离不开牧人的辛劳。羊群的安逸和牧人的紧张形成鲜明对比，暗示出世界的不太平。天真美好的田园风光里暗藏凶险。牧羊人赞美什么呢？上帝还是羔羊？因为平安无事而赞美上帝？可是他好像无需赞美上帝，因为这是他努力守候羊群的结果。或许牧人并不认为是自己的功劳，他把功劳归给万能的上帝。因为生活的艰辛而赞美上帝？那第一句"牧羊人的好命可真好！"就充满了讽刺意义。或许他赞美羔羊，因为羔羊对他充满信赖和依赖。

  这首诗强调的是牧羊人的责任。在基督教里，耶稣和上帝被视为牧羊人，看管羊群（世人）。他保护人们，远离各种危险：肉体的，精神的。《圣经》里说："耶和华是我的牧者，/我必不至缺乏。他使我躺卧在青草地上，/领我在可安歇的水边；/他使我的灵魂苏醒，/为自己的名引导我走一路。/我虽然行过死荫的幽谷，/也不怕遭害，/因为你与我同在；/你的杖，你的竿，都安慰我。"（诗篇 23：1~4）耶稣在耶路撒冷对那些犹太人说："我是好牧人，我认识我的羊，我的羊也认识我。"（约翰福音 10：14）"只是你们不信，因为你们不是我的羊。我的羊听我的声音，我也认识他们，他们也跟着我。我又赐给他们永生，他们永不灭亡，谁也不能从我手里把他们夺去。我父把羊赐给我，他比万有都大，谁也不能从我父手里把他们夺去。"（约翰福音10：26~29）毫无疑问，在这首诗里，牧羊人的职责等同于耶稣和上帝，所以说"牧羊人的好命可真好！"他口中不停称颂的一定是上帝，感谢上帝赋予他牧人身份，赋予他这份荣光。他也通过尽心尽力看护羊群的方式，把上帝的爱回馈给羊群。

布莱克的诗有很浓的基督教成分。如果不熟悉基督教就很难理解他的诗。

Infant Joy

'I have no name:

I am but two days old.'

What shall I call thee?

'I happy am,

Joy is my name.'

Sweet joy befall[1] thee!'

Pretty Joy!

Sweet Joy, but two days old.

Sweet Joy I call thee.

Thou dost smile,

I sing the while,

Sweet joy befall thee!

【注释】

befall：降临到（某人）头上，发生。

110

【译文】

婴儿的欢乐

"我没有名字:
我才生下两天。"
我该叫你什么?
"我欢欢喜喜,
欢乐就是我的名字。"
愿你得甜蜜的欢乐!

可爱的欢乐!
甜蜜的欢乐,才生下两天。
我叫你可爱的欢乐。
你笑了,
我唱着,
愿你得美妙的欢乐!

【评析】

英国诗人柯勒律治(Samuel Taylor Coleridge,1722—1834)称不喜欢这首诗,因为出生才两天的婴儿不会笑。我们也许不应该按照这个标准判断这首诗,因为两天大的婴儿也不会说话。根据西方的习俗,新生儿第三天要接受洗礼,得到教名。对话可能在母亲和婴儿之间展开,更可能是两人之间的精神交流,或者是母亲想象中的一场对话。母亲在思考第三天洗礼时该给孩子起什么名字。值得注意的是,诗中的婴儿有性别,诗人写的是女婴,因为Joy在英文中是女孩名。快乐是短暂和脆弱的,因为叫"欢乐"的婴儿生下才两天。母亲给孩子起名"欢乐",就是希望孩子能永远幸福、快乐。

纳尔逊·希尔顿（Nelson Hilton）说，英文"infant"（婴儿）一词来源于拉丁语 in‑fans，意思是"unspeaking"（不说话的，不能说话的，不能交谈的）。希尔顿认为这首诗写的是一种不能言说的欢乐。[①]婴儿来到世上才两天，还未受到尘世的影响，所以婴儿的快乐是与生俱来的，或者说，婴儿的快乐来自出生前，来自我们不知道的地方。

The Little Black Boy

My mother bore me in the southern wild,
And I am black, but O! my soul is white;
White as an angel is the English child,
But I am black, as if bereav'd[1] of light.

My mother taught me underneath a tree,
And, sitting down before the heat of day,
She took me on her lap and kissèd me,
And, pointing to the east, began to say:

'Look on the rising sun, — there God does live,
And gives His light, and gives His heat away;
And flowers and trees and beasts and men receive
Comfort in morning, joy in the noonday.

'And we are put on earth a little space[2],
That we may learn to bear the beams of love;
And these black bodies and this sunburnt face

[①] Morris Eaves, ed., The Cambridge Companion to William Blake, New York: Cambridge University Press, 2002, p. 199.

Is but a cloud, and like a shady grove.

'For when our souls have learn'd the heat to bear,
The cloud will vanish; we shall hear His voice,
Saying: "Come out from the grove, My love and care,
And round My golden tent like lambs rejoice."'

Thus did my mother say, and kessèd me;
And thus I say to little English boy.
When I from black and he from white cloud free,
And round the tent of God like lambs we joy.

I'll shade him from the heat, till he can bear
To lean in joy upon our Father's knee;
And then I'll stand and stroke[3] his silver hair,
And be like him, and he will then love me.

【注释】

1. bereaved: 夺去, 剥夺; 使丧失。
2. space: 一段时间。
3. stroke: 轻抚、抚摸。

【译文】

小黑孩儿

妈妈生我在南方的野地，

我皮肤黑，可是啊！我灵魂洁白；
白得像天使的是英国孩子，
可我黑，仿佛被夺去光彩。

妈妈曾在树下教导我，
在白昼的酷热来临前坐好，
她把我抱在膝头亲亲我，
手指东方，她开口道：

"看初升的太阳——上帝就住在那边，
他散布光明，他散布热量；
所以花儿、树木、走兽和人类在晨间
得到清爽，在中午得到欢畅。

我们被置于大地上时光短暂，
就是让我们学会承受爱的光芒；
这些黑色的躯体这张晒黑的脸
只不过是一片云，像遮阴的树林。

当我们的灵魂学会忍受炎热，
云便消失；我们会听到他的声音，
说：'从树林里出来吧，我牵挂的宝贝，
围着我金色的帐篷像羔羊般欢欣。'"

妈妈如此说道，然后亲亲我；
我也这样跟英国的小孩谈讲。
当我从黑云、他从白云里脱离，
我们在上帝的帐篷前像羔羊一样喜悦。

我为他遮阴,直到他能承受炎热
能够快乐地靠在天父的膝头;
我将站着,抚摸他的银发,
变得和他一样,他就会爱我。

【评析】

原诗每小节中1、3行,2、4行分别押韵。第2节第2行"And, sitting down before the heat of day",张炽恒的译文是"在白昼的暑热中,妈妈坐下来",我的译文是"在白昼的酷热来临前坐好",方谷绣、屠岸的译文是"坐下来,趁白昼的热气还没来到"。杨苡的译文是"坐下来,白昼尚未炎热"。因为后文有"the rising sun"(正在升起的太阳),所以"before the heat of day"中的"before"应指时间,"在……之前"。张炽恒的译文是错误的,方谷绣、屠岸、杨苡的译文比我的更自然、更顺畅。第4节第1行"And we are put on earth a little space",其中"space"有"时间"和"空间"两种含义,我的理解是"时光短暂",张炽恒、方谷绣、屠岸、杨苡理解成"小空间":"我们被安置在一块小小的天地""我们在大地上占有一小块空间""把我们安置在地上一点点空间"。后文讲到我们的躯体只不过是暂时的寄居地,所以我坚持我的理解。

罗伯特·里克斯(Robert Rix)指出,布莱克的这首诗深受瑞典宗教哲学家斯韦登伯格(Swedenborg)的影响。斯韦登伯格认为存在"自然"与"精神"两个世界,自然界有太阳,发热发光;精神世界有上帝,也发"热"、发"光";上帝发出的"热",即仁爱;上帝发出的"光",即"智慧之光"或"真理之光"[①]。太阳的光与热容易被人感觉到,体会上帝之光与热需要我们学习和领悟,所以"妈妈"给"我"上了重要的一课:"我们被

---

① Robert Rix, William Blake and the Cultures of Radical Christianity, Aldershot, Hants: Ashgate, 2007, p. 114.

置于大地上时光短暂，/就是让我们学会承受爱的光芒。"我们外在的躯壳并不重要，它们像云彩一样终会消失，我们的灵魂在世间必须学会沐浴上帝的慈爱，即必须理解、承认、坚信上帝的存在。"花儿、树木、走兽和人类在晨间/得到清爽，在中午得到欢畅。"黑人孩子比白人孩子更优越，因为黑人小孩先明白这个道理，然后传授给白人小孩。布莱克的这种思想也可以追溯到里克斯。在《真正的基督教》一书中，里克斯认为，与其他教徒相比，黑人对上帝的理解更透彻，更懂得"真理之光"，即"天堂之光"[1]。

《小黑孩儿》创作于1789年，当时英国奴隶贸易合法，废奴运动正在萌芽。"废止奴隶贸易协会"成立于1787年，他们广泛收集证据，组织城镇集会，争取作家、艺术家的支持。布莱克的《小黑孩儿》与英国早期的废奴运动相契合。

1802年，在写给托马斯·巴茨（Thomas Butts）的信中布莱克区分了"外部的"太阳与"内部的"太阳，并说，"这个大地不能滋生我们的幸福/另一个太阳给我们生命之泉"[2]。虽然在这个世界上黑人承受了太多的苦难，但"这些黑色的躯体这张晒黑的脸"暗示，黑人得到了更多的日晒，更接近太阳，也就更接近上帝。"我为他遮阴，直到他能承受炎热"，黑人小孩为白人小孩遮阴，因为白人小孩苍白的皮肤不习惯上帝的光芒，有论者以为，白人虐待黑人的罪行使他们远离上帝。"白得像天使的是英国孩子，/可我黑，仿佛被夺去光彩。""白人像天使，黑人被夺去光彩"只是肉体的、表面的现象，黑人"灵魂洁白"。在抛却肉体、物欲、偏见之后，人们的灵魂将平等地站在上帝面前。"当我从黑云、他从白云里脱离，/我们在上帝的帐篷前像羔羊一样喜悦。"诗歌最后黑人小孩摩挲白人小孩的头，二者外形相似，相亲相爱："变得和他一样，他就会爱我。"在布莱克为这首诗创作的第二幅插图中，黑人小男孩和白人小孩一样有着白皙的皮肤。

---

[1] Robert Rix, William Blake and the Cultures of Radical Christianity, Aldershot, Hants: Ashgate, 2007, p. 114.

[2] Robert Rix, William Blake and the Cultures of Radical Christianity, Aldershot, Hants: Ashgate, 2007, p. 114.

这首诗中有几个词需要特别注意。"the rising sun"（正在升起的太阳），"正在升起"预示着变化，我们在人间的一切都是暂时的，都是时刻变化的，永恒的是天堂和我们的灵魂。"That we may learn to bear the beams of love"（就是让我们学会承受爱的光芒），在布莱克看来，"学会"即是"理解"。"如果需要给上帝下个定义，那他就是'理解'……理解或者天堂，要靠苦难、悲伤和经验获得。"苦难使我们的灵魂受教育[1]。"I'll stand and stroke his silver hair"，从上下文可知，"his silver hair"（他的银发）指白人小孩的头发。小孩的头发何以是银白色？也许在黑人小孩的想象中，脱离肉体后升上天堂的灵魂从头至脚都是洁白的。

在读过《天真与经验之歌》后英国诗人柯勒律治称布莱克为天才。1818年在写给塔尔克（Charles Augustus Tulk）的信中柯勒律治给布莱克的诗排了序，其标准是："给我带来愉悦""极大的愉悦""最高级别的愉悦""一点愉悦都没有"。柯勒律治最喜爱的两首诗是《小黑孩儿》和《夜》。

Laughing Song

When the green woods laugh with the voice of joy,
And the dimpling[1] stream runs laughing by;
When the air does laugh with our merry wit[2],
And the green hill laughs with the noise of it;

When the meadows laugh with lively green,
And the grasshopper[3] laughs in the merry scene,
When Mary and Susan and Emily
With their sweet round mouths sing "Ha, Ha, He!"

---

[1] E. D. Hirsch, Innocence and Experience: An Introduction to Blake. Chicago: University of Chicago Press, 1975, p. 52.

When the painted[4] birds laugh in the shade,
Where our table with cherries and nuts is spread,
Come live, and be merry, and join with me,
To sing the sweet chorus of "Ha, Ha, He!"

【注释】

1. dimple：使其微凹，使现出酒窝。
2. wit：风趣，善于说俏皮话的能力；心智，才智。
3. grasshopper：蚱蜢，蝗虫，蚂蚱。
4. painted：描画的，着色的。

【译文】

欢笑歌

绿绿的树林发出欢声笑语，
小溪泛起涟漪欢笑着流去；
轻风伴着我们的好心情笑起来，
青山也欢快地喧嚷。

草地笑得一片葱郁，
蚱蜢欢笑场面欢愉，
玛丽，苏姗，艾米丽
嘴巴张得圆圆地唱："哈，哈，嗨！"

彩色的鸟儿笑在林荫里，
树荫下樱桃和坚果我们摆了一桌子，

来和我生活，欢欢喜喜，和我一起，
甜甜地合唱："哈，哈，嗨！"

【评析】

原诗每行五音步，双行押一韵，除了通常的尾韵还有视觉韵（eye rhyme），比如第1、2行（joy/by）和第9、10行（shade/spread）。杨苡的译文形式最整齐，每行字数相同，押韵也最严格。卞之琳的译文不拘泥于原文，优点是灵动、活泼，缺点是有的地方改动过大，不忠实于原文。第10行卞之琳译得最好，"树荫里我们摆一桌子核桃和樱桃"，保留了原文所有词汇的意思，而且汉语译文流畅、自然。我的这行译文保留了原意，但有点啰唆，屠岸和杨苡的这行译文流畅，但没保留原意（他们的译文分别是："我们的桌上摆满了核桃和樱桃""我们的桌上摆满了樱桃和胡桃"）。只有卞之琳的译文最成功，真正达到了化境。

诗中出现最多的词是"笑"（laugh, laughs, laughing），共出现七次，几乎每行都有；其次是"绿色"（green）和"快乐"（merry 或 joy），分别出现三次与四次；然后是"甜蜜的"（sweet），共出现两次。绿色象征青春与生命，快乐与甜蜜表示心情和气氛。诗中唱歌的都是女孩，她们的歌里提到"He"（他），所以这首诗也许是个女孩在邀请男孩和她一起幸福地生活，一起享受生活中的欢笑与快乐。

这首诗的雏形是布莱克早期的一个手稿，题名《年轻牧人的第二支歌》，作于1783至1784年5月间，其中前两个诗节这样写道：

When the trees do laugh with out merry wit,
And the green hill laughs with the noise of it;
When the meadows laugh with lively green,
And the grasshopper laugh in the merry scene;

When the greenwood laughs with the voice of joy,

And the dimpling stream runs laughing by,

When Edessa and Lyca and Emilie

With their sweet round mouths sing 'Ha, Ha, He!'

译成中文：
树林伴着我们的好心情笑起来，
青山也喧闹笑哈哈；
草地笑得一片葱郁，
蚱蜢欢笑场面欢愉。

当绿色丛林发出欢乐的笑声，
当小溪泛起涟漪欢笑着流过，
当艾德萨，莉卡和艾米丽
嘴巴张得圆圆地唱："哈，哈，嗨！"

十年后，在《经验之歌》里的《丢失的女孩》和《找到的女孩》两首诗中，再次出现莉卡（Lyka）这个名字。与手稿相比，修改后的诗突出了"笑"字，场景也由远及近，由远处的树丛、小溪、轻风、青山到近处的草地、蚱蜢、唱歌的女孩、树荫里的小鸟和摆满樱桃、坚果的桌子，由景物过渡到人，中心更突出，描写也更有层次。

这首诗节奏明快，应该是可唱的歌曲。"据了解布莱克的人们说，布莱克有时用他自己作的曲调唱出他的诗。"①

Spring

Sound the flute[1]!

Now it's mute[2].

---

① 威廉·布莱克著、杨苡译：《天真与经验之歌》，湖南人民出版社1988年版，第53页。

Birds delight

Day and night;

Nightingale

In the dale,

Lark in sky,

Merrily,

Merrily, merrily, to welcome in the year.

Little boy,

Full of joy;

Little girl,

Sweet and small;

Cock does crow,

So do you;

Merry voice,

Infant noise,

Merrily, merrily, to welcome in the year.

Little lamb,

Here I am;

Come and lick[3]

My white neck;

Let me pull

Your soft wool;

Let me kiss

Your soft face;

Merrily, merrily, we welcome in the year.

【注释】

1. flute：长笛。

2. mute：缄默的，无声的；哑的，不会说话的。

3. lick：舔。

【译文】

春天

吹响长笛！
它正哑寂。
鸟儿欢歌
夜以继日；
夜莺
鸣山谷，
云雀翔蓝天，
欢天喜地，
欢天喜地，欢天喜地，迎接新年到。

小男孩，
欢乐开怀；
小女孩，
玲珑可爱；
公鸡喔喔啼，
你也笑嘻嘻；
愉快的嗓音，
婴儿的叫闹，

欢天喜地，欢天喜地，迎接新年到。

小羊羔儿，
我在这儿；
过来舔一舔
我的白脖子；
让我拉一拉
你的小柔毛；
让我亲一亲
你的小软脸；
欢天喜地，欢天喜地，我们迎接新年到。

【评析】

《春天》采用儿歌体，模仿孩子的口气，用词极其简单，两句一押韵，朗朗上口，每行诗不超过三个词，每节诗以相同的诗句结束，即叠句"Merrily, merrily, we welcome in the year"，只有这最后一句略长。这首诗中的押韵和半押韵无拘无束，好像没什么章法，但恰恰表现出春天的欢乐之感。

这首诗描写了孩子眼中的春天，都是孩子感兴趣的东西，一切都很小，很可爱：长笛、小鸟、夜莺、云雀、小男孩、小女孩、大公鸡、婴儿。小孩子活泼好动，爱热闹，所以诗中的事物都处于活动当中，很喧闹。整首诗的气氛欢乐、祥和，人与自然和谐共处，互为欢乐之源。"merrily"一词重复七次，生动地写出孩子的天真烂漫、无忧无虑。全诗除题目外，未出现"春"字，因为小孩子对春、夏、秋、冬的抽象概念并不敏感，他们只是用自己稚嫩的生命体会出具体而微的变化，并受之感染，禁不住欢腾雀跃、手舞足蹈。感染读者的不仅仅是春天，更是童心、童趣。

这首诗里的春天有双重含义：自然界的春天和人类的春天（小男孩、小女孩、婴儿）。"吹响长笛！/它正哑寂。"春又来，长笛再次吹响，婴孩和羔羊出生，这是轮回和再生。赫希（E. D. Hirsch）让我们注意"公鸡喔喔啼"

123

(Cock does crow),因为在《圣经》里有类似的句子:"立时鸡就叫了。众人将耶稣从该亚法那里往衙门内解去。"(约翰福音 18:27~28,And immediately the cock crew. Then they led Jesus from Caiaphas into the hall of Judgment.)接下来耶稣受审、被判死刑、死去,然后复活。赫希认为,诗中的叠句反复表达欢迎新年到来的喜悦心情,犹如欢迎最后的审判日的到来。[①]

A Cradle Song

Sweet dreams, form a shade
O'er my lovely infant's head;
Sweet dreams of pleasant streams
By[1] happy, silent, moony beams.

Sweet sleep, with soft down[2]
Weave thy brows an infant crown.
Sweet sleep, Angel mild,
Hover o'er my happy child.

Sweet smiles, in the night
Hover over my delight[3];
Sweet smiles, mother's smiles,
All the livelong[4] night beguiles[5].

Sweet moans, dovelike[6] sighs,
Chase not slumber from thy eyes.
Sweet moans, sweeter smiles,

[①] E. D. Hirsch, JR., Innocence and Experience: An Introduction to Blake, Chicago: University of Chicago Press, 1975, p. 39.

All the dovelike moans beguiles.

Sleep, sleep, happy child,
All creation slept and smil'd;
Sleep, sleep, happy sleep,
While o'er[7] thee thy mother weep

Sweet babe, in thy face
Holy image I can trace.
Sweet babe, once like thee,
Thy Maker[8] lay and wept for me,

Wept for me, for thee, for all,
When He was an infant small.
Thou His image ever see,
Heavenly face that smiles on thee.

Smiles on thee, on me, on all;
Who became an infant small.
Infant smiles are His own smiles;
Heaven and earth to peace beguiles.

【注释】

1. by：（表示环境）借着……光亮。

2. down：（鸟）的绒毛、绒羽、软毛。

3. delight：快乐、高兴；使人高兴的东西或人。此处指给母亲带来快乐的婴儿。

4. livelong：整个的。

5. beguile：使时间等过得愉快；使陶醉，使着迷；使高兴；欺骗，诱骗。
6. dovelike：鸽子般的，天真无邪的。
7. weep over：为……悲伤，为……哭泣。
8. Maker：创造者，造物主，上帝。

【译文】

摇篮曲

甜蜜的梦，成一片荫凉
遮在我可爱的婴孩头上；
借着欢喜、静谧的月辉
甜蜜地梦见怡人的溪水。

香甜的睡眠，用柔软的羽毛
在你额头编织婴儿小帽。
温柔的天使，香甜的睡眠，
在我幸福的孩子上空盘旋。

甜美的微笑，在夜晚
在令我欢喜的孩子上空盘旋；
甜美的微笑，母亲的微笑，
使整个晚上都过得愉快。

甜蜜的呻吟，童稚的叹息，
别赶走你眼里的瞌睡。
呻吟甜蜜，而更加甜蜜的微笑，

将声声童稚的叹息抚慰。

睡吧，睡吧，幸福的小孩，
所有被创造之物都微笑着酣眠；
睡吧，睡吧，幸福地睡去，
当母亲为你哭泣。

可爱的婴孩，在你脸上
我发现圣洁的形象。
可爱的宝贝，曾经像你，
你的创造者躺着为我哭泣。

为我而哭，为你，为所有的人，
当他还是个小婴儿。
你总能看到他的模样，
对你微笑的神圣面庞。

对你，对我，对所有人笑盈盈；
他曾变成个小童婴。
婴儿的笑容就是他的笑容；
天堂与大地陶醉其中。

【评析】

原诗每两行押韵。诗中多 s 音和双元音，节奏徐缓，与内容相符——寂静的夜晚，月色朦胧，母亲呵护着熟睡的婴孩柔声哼唱。

在张炽恒的译文中，第 2 节第 2 行明显译错，"将你的眉编织成童稚花冠"（Weave thy brows an infant crown.）。我和杨苡对这句的理解相同，译文分别是"在你额头编织婴儿小帽"和"织一顶幼儿的冠冕盖住你的双眉"。

第5节最后一行（While o'er thee thy mother weep），我、张炽恒、杨苡的译文各不相同，分别将这句译成："当母亲为你哭泣"，"仰望着你，妈妈在哭泣"，"你母亲却在你头顶上流着泪"。译文差别很大，原因在于三人对"o'er"一词理解不同。我认为是词组"weep over"（为……而哭）。杨苡理解为 over（在……的上面）。张炽恒理解为"仰望"，我认为他们的理解不正确。

值得注意的是诗中的"微笑"与"哭泣"。母亲望着可爱的婴儿，心中充满无限幸福与喜悦，脸上一直带着笑容，"甜美的微笑，母亲的微笑"。望着望着，母亲顿悟，婴儿有着耶稣的圣洁，"可爱的婴孩，在你脸上／我发现圣洁的形象"。母亲因这一发现而激动地哭了，"睡吧，睡吧，幸福地睡去，／当母亲为你哭泣"。

诗中又哭又笑的还有耶稣，他为了众人的悲苦而哭，"为我而哭，为你，为所有的人，／当他还是个小婴儿"。耶稣对天地万物充满慈爱，"对你，对我，对所有人笑盈盈……／婴儿的笑容就是他的笑容；／天堂与大地陶醉其中"。这首诗里的母亲与婴儿像是圣母和圣婴。像母亲在婴儿脸上发现上帝的形象一样，诗人发现母亲像是耶稣。母亲守候着婴儿，像耶稣看护世人；母亲对婴儿微笑、哭泣，就像耶稣对着人间微笑、哭泣。这样，有着凡人面孔的母亲和婴孩与上帝合而为一。人即是神，神即是人。笑是出于爱，哭是因为世间的疾苦。耶稣很清楚，苦难是人类必经之路；母亲也很清楚，人是脆弱的，她无力使婴儿免除生而为人的痛苦。在有着血肉之躯的人的生活中，微笑与哭泣、痛苦与欢乐同样多。

婴儿圣洁，似圣洁的耶稣；婴儿弱小，却像耶稣一样最值得世人敬重；婴儿无知无识，却像耶稣一样有着悲天悯人的大智慧。天真无邪的婴儿究竟是什么？这首诗认为，它是上帝赐给世人的福祉，代表上帝。布莱克没有子女，他对婴孩却有着不同寻常的感悟。

Nurse's[1] Song

When the voices of children are heard on the green[2],

And laughing is heard on the hill,

My heart is at rest[3] within my breast,

And everything else is still.

'Then come home, my children, the sun is gone down,

And the dews of night arise;

Come, come, leave off[4] play, and let us away

Till the morning appears in the skies.'

'No, no, let us play, for it is yet day,

And we cannot go to sleep;

Besides, in the sky the little birds fly,

And the hills are all cover'd with sheep.'

'Well, well, go and play till the light fades away,

And then go home to bed.'

The little ones leapèd and shoutèd and laugh'd

And all the hills echoèd.

【注释】

1. nurse: 保育员，保姆。
2. green: 草地，草坪，公共绿地。
3. at rest: 静止，不动；安息。
4. leave off: 停止做某事；戒掉。

【译文】

129

保姆之歌

当草地上响着孩子的喧闹,
当山上传来孩子的笑声,
我的内心一片安宁,
天地万物静止无声。

"回家吧,孩子们,太阳落山了,
夜间的露水已起;
好了,好了,别玩了,咱们回吧
等到天空再现晨曦。"

"不,不,让我们玩吧,天还亮着,
我们无法入眠;
而且,天上还有鸟儿飞翔,
山上还到处是群羊。"

"好吧,好吧,去玩吧,玩到天黑,
然后就回家睡觉。"
小家伙们跳呀,叫呀,笑呀,
群山应和回响。

【评析】
原诗每小节2、4行押韵。
阅读这首诗时心情非常愉快,因为我的童年也是这样,在外面一直玩到天黑,大人出来叫,才恋恋不舍地回家。记忆里,除了回家吃饭、睡觉,其余时间都在外面玩。

孩子们只顾玩，忘记了时间，忘记了一切，太阳已经落山，他们并没有觉察。可是作为有经验的成年人，保姆一直密切地观察着周围，密切地注意时间，她很清楚，太阳落山意味着不安全因素将随之而来，所以她提醒孩子们，该回家睡觉了。孩子们并没有盲目服从成年人的权威，他们有自己的判断：太阳虽已落山，但还看得见周围的环境；天上还有鸟在飞，山上还有羊在跑，这说明天空和大地都是安全的，所以现在回去睡觉时间尚早。天真的孩子和小鸟、小羊一样，它们凭直觉知道，天地间自有人看顾着它们。保姆妥协了，因为她爱孩子，也因为她凭借经验知道孩子的看法有道理。保姆的慈爱赢得了孩子们的信任、感激和爱戴，他们以笑声表明心情。

耶稣跟门徒说："我实在告诉你们：你们若不回转，变成小孩子们的样式，断不得进天国。"（马太福音，18：3）也许小孩子的智慧才是人类最高的智慧。保姆是凭经验懂得这一切的，所以当孩子们欢呼、玩耍时她感到内心安宁。诗歌以孩子的笑声开始，以孩子的笑声结束。

Holy Thursday

'Twas on a Holy Thursday, their innocent faces clean,
The children walking two and two, in red and blue and green,
Grey – headed beadles[1] walk'd before, with wands[2] as white as snow,
Till into the high dome[3] of Paul's they like Thames'[4] waters flow.

O what a multitude[5] they seem'd, these flowers of London town!
Seated in companies[6] they sit with radiance all their own.
The hum[7] of multitudes was there, but multitudes of lambs,
Thousands of little boys and girls raising their innocent hands.

Now like a mighty wind they raise to Heaven the voice of song,
Or like harmonious thunderings the seats of heaven among.

Beneath them sit the agèd men, wise guardians of the poor;
Then cherish pity, lest you drive an angel from your door.

【注释】

1. beadle：教区的仪仗官，教区执事；（昔时）教区助理员（负责协助牧师维持教堂秩序，发放赈款给贫民等）。
2. wand：（表示官职的）权杖、权标。
3. dome：圆屋顶。
4. Thames：（伦敦）泰晤士河。
5. multitude：许多，大量；大众、民众、群众；人群。
6. in company：一起。
7. hum：发出嗡嗡声，哼唱。

【译文】

升天节

那是升天节，他们的小脸天真、洁净，
孩子们身穿红、蓝、绿的衣裳，两两而行，
教区执事头发斑白走在前，手持雪白的权杖，
他们像泰晤士河水涌入穹顶高高的圣保罗教堂。

这么一大群孩子啊，这些伦敦城之花！
他们相伴而坐，脸上容光焕发。
一群群小孩在那儿唱经，就是一群群羔羊，
千万个男孩女孩将他们清白的小手高扬。

此刻他们的歌声似一阵大风吹进天堂,
或者像悦耳的雷声在天堂的座席间回响。
孩子下方坐着长者,明智的贫者的保护人;
请心怀怜悯吧,以免将天使赶离你的家门。

【评析】

原诗每两行押韵。第 9 行杨苡的译文最好,"这时像一阵大风骤起他们歌声飞上天空"。

这首诗描绘的是伦敦圣保罗大教堂的宗教活动。升天节是基督教的节日,处于复活节和圣灵降临节之间。复活节 40 天后的星期四是升天节,第 50 天为圣灵降临节,又称"五旬节"。1782 年,六千名慈善学校的学生身穿制服来到圣保罗大教堂参加礼拜仪式。从此,年年此日伦敦城中教会所办的慈善学校的孩子们集体前往教堂礼拜谢恩,并享受一顿慈善晚宴。每当此时,圣保罗大教堂前孩子们的游行队伍人数众多,场面壮观,可算是一次盛举。"这天的慈善活动有着很大的社会意义:那些有钱的捐助者可以炫耀他们的善行,穷孩子们聆听教诲,学会节制,学会尊重比他们优越的人。"[1]

诗中将孩子与河水、花朵、大风联系在一起。河水奔流不息,不可阻挡;花朵乃生命之精华;大风势猛、有力量。诗中三次出现"multitude(s)",意为"许多、大量",一次"Thousands"(成千上万)。孩子们虽然弱小而又贫寒,但是充满生命的力量,不可逆阻,是真正的强者。泰晤士河是伦敦的象征,无数贫寒的小孩像泰晤士河水一样,是伦敦城真正应该尊重、珍视的生命。

诗中用了两次 innocent(天真的),孩子们的天真无邪毋庸置疑。在诗歌末尾,孩子的天真和长者的经验、智慧形成对比。这些长者虽然是捐助人,穷人的赞助者,但这首诗赞美的并不是他们,因为诗人在最后一行告诫世

---

[1] Robert Rix, William Blake and the Cultures of Radical Christianity, Aldershoot, Hants: Ashgate, 2007, p. 111.

人：孩子是天使，是富有世俗财富、经验、智慧的长者达不到的境界。慈善行为的真正受益者不是贫困的孩子，而是那些需要洗涤灵魂的富人，所以真正需要感恩的不是慈善学校的孩子，而是那些捐助人。诗中多用抑扬格七音步，行中多用逗号断开，有很强的仪式感，但在庄严的仪式背后似乎含有讽刺意义。最后一行中，"cherish pity"一语双关：一、心怀怜悯；二、珍视"怜悯"。诗人将"怜悯"与"天使"联系在一起，它们都是穷孩子的名字。

The Blossom[1]

Merry, merry sparrow[2]!
Under leaves so green,
A happy blossom
Sees you, swift as arrow[3],
Seek your cradle narrow,
Near my bosom[4].

Pretty, pretty robin[5]!
Under leaves so green,
A happy blossom
Hears you sobbing[6], sobbing,
Pretty, pretty robin,
Near my bosom.

【注释】

1. blossom：（尤指果树的）花；花丛、花簇。

2. sparrow：麻雀。

3. arrow：箭，箭矢。

4. bosom：胸部；怀抱，胸怀。

5. robin：知更鸟，鸫。

6. sob：哭泣，啜泣，抽噎；哭诉，呜咽地说。

【译文】

花儿

快乐的，快乐的麻雀！
在绿绿的树叶下面，
一朵幸福的花儿
看见你，迅捷似箭，
寻觅狭小的巢穴
靠近我的胸前。

可爱的，可爱的知更鸟！
在绿绿的树叶下面，
一朵幸福的花儿
听见你在啜泣，啜泣，
可爱的，可爱的知更鸟，
靠近我的胸前。

【评析】

短短的一首诗，2小节，每节6行，只有42个英文词，不同的词仅仅25个。每个诗节中第3行和第6行，第4行与第5行分别押韵。第4行屠岸和杨苡的译文分别是"看见你飞去像利箭"和"看见你飞掠而过恰似箭"，不正确。麻雀是在花朵的胸前寻找摇篮，所以方向不应该是飞开。第7、8行屠岸译成"可爱的可爱的红雀/在丛丛绿叶下哀伤"。诗中明确指出，在绿叶下面的是花朵，不是小鸟，所以这个译文不准确。张炽恒的译文最好，韵式和

135

内容符合原文。尤其是"靠近我的心儿"一句,译得太好了。"心儿"指"花心儿",双关语。

这首诗可以有两种理解:一、绿叶下面的花朵给麻雀提供窠巢,安慰哭泣的知更鸟,将它的幸福与他人分享;二、此诗隐晦地描写了男女之爱。批评家们倾向于后一种理解。他们认为,"箭"是男子生殖器的象征。密密的树叶下面的"花朵""狭小的巢穴"都暗指女性生殖器。"幸福的花儿""快乐的麻雀"与"啜泣"的知更鸟并不矛盾。男女之爱使人快乐,使人喜极而泣。[1]诗中的"麻雀"与"知更鸟"或许是同一只鸟。将性爱描写得如此清新自然、如此纯粹,非纯净的心灵做不到。

诗中的花朵以第三人称称呼自己:"一朵幸福的花儿/看见你,迅捷似箭,/寻觅狭小的巢穴";"一朵幸福的花儿/听见你在啜泣,啜泣"。此诗的叙述者一再强调自己的幸福和喜悦,她对自己的评价是"一朵幸福的花儿"。

The Chimney[1] Sweeper

When my mother died I was very young,
And my father sold me while yet my tongue
Could scarcely cry ''weep! 'weep! 'weep! 'weep!'
So your chimneys I sweep, and in soot[2] I sleep.

There's little Tom Dacre, who cried when his head,
That curl'd[3] like a lamb's back, was shav'd: so I said
'Hush, Tom! Never mind it, for when your head's bare
You know that the soot cannot spoil your white hair.'

And so he was quiet, and that very night,

---

[1] Nicholas Marsh, William Blake: The Poems, New York: Palgrave, 2001, p. 162~65; Nicholas M Williams, ed., Palgrave Advances in William Blake Studies, New York: Palgrave Macmillan, 2006, p. 137.

As Tom was a-sleeping, he had such a sight! —
That thousands of sweepers, Dick, Joe, Ned, and Jack,
Were all of them lock'd up in coffins[4] of black.

And by came an Angel who had a bright key,
And he open'd the coffins and set them all free;
Then down a green plain leaping, laughing, they run,
And wash in a river and shine in the sun.

Then naked and white, all their bags left behind,
They rise upon clouds and sport in the wind;
And the Angel told Tom, if he'd be a good boy,
He'd have God for his father, and never want joy.

And so Tom awoke; and we rose in the dark,
And got with our bags and our brushes to work.
Tho' the morning was cold, Tom was happy and warm;
So if all do their duty they need not fear harm.

【注释】

1. chimney: 烟囱，烟筒。
2. soot: 煤烟，烟灰。
3. curl: (使) 弯曲，(使) 卷曲。
4. coffin: 棺材。

【译文】

扫烟囱的小孩

妈妈死的时候我还很小,
爸爸将我卖掉,那时我还喊不好
"扫烟,扫烟,扫烟啊,扫!"
现在我给你们扫烟囱,在煤灰里睡觉。

有个小汤姆·戴克,他哭了,当他的小卷毛,
那像羊羔背上的小卷毛被剃掉,于是我劝道:
"别哭了,汤姆!别难过,当你的头剃光
你就知道,煤灰不会把你浅色的头发弄脏。"

于是他安静下来,就在那天晚上,
汤姆睡着了,他看见这样的景象——
迪克、乔、内德、杰克,无数扫烟囱的孩子,
全都被锁进黑漆漆的棺材里。

接着来了位天使,他的钥匙闪闪亮,
他打开棺材把孩子们一个个都释放;
孩子们在绿野上奔跑,跳啊,笑啊,
他们在河里洗澡,在太阳下放光华。

他们全身赤裸、雪白,把口袋都丢掉,
他们升上云端,在风中逍遥;
天使告诉汤姆,如果他愿意做个好孩子,

上帝会做他的父亲，就不会缺少欢喜。

汤姆醒了；我们起身，天还未明，
我们拿起口袋和刷子去做工。
早晨虽寒冷，汤姆却感到快乐又温暖；
这正是：各尽本分，就不怕灾难。

【评析】
原诗每行五音步，双行押一韵，我和卞之琳的译文完全依照原文的韵式。这首诗很好译，因为内容的关系，无论怎样译，只要把原来的故事情节译出来就很感人。这首诗又很难译，因为原文每两行押韵，译文很难做到韵式符合原文，同时又生动、流畅。而且英文可以放在一行里的内容，译成汉语时放在一行里就很困难，所以几种译文都出现了这种情况，上、下行的内容在顺序上做了调整。第8行中"white hair"，"white"的意思是"白色的，淡颜色的"，我和张炽恒译为"浅色的头发""淡色的头发"，屠岸和杨苡译成"银发"。小孩子何以有"银发"？

英国的房舍，每个屋顶上都竖着烟囱。一排排密集的烟囱成了伦敦的风景线。传说圣诞老人就是从烟囱里钻出来给孩子们赠送礼物的。温暖的壁炉是家庭的中心，在很多文学作品中都有关于壁炉的描写，引起读者无数遐想。然而烟囱、壁炉并不总是这样温馨。壁炉中燃烧的煤和柴火会积成一层层煤灰，堵住烟道，因此烟囱需要常常清理。由于烟道狭窄，身材细小的孩子便成了清扫烟囱的主要劳力。清晨，背着清扫工具袋的一个个孩童穿过大街小巷，用稚嫩的声音喊着"扫烟囱！扫烟囱！"在18、19世纪，这大概是英国大城市最熟悉的生活场景之一。清扫烟囱时，煤灰钻进小孩子的鼻孔、嘴巴、耳朵，儿童常常窒息而死。布莱克的这首诗《扫烟囱的小孩》创作于1789年，1824年由英国散文家兰姆（Charles Lamb）推荐放入反抗"社会不公义"社会运动宣传手册。1840年8月7日，英国议会终于通过立法废除童工制，扫烟囱的小孩从此消失，在伦敦的街巷中再也看不到他们凄惨的身影。

　　诗中的叙述者"我"是个扫烟囱的小孩，命运悲惨，可能因为太小，所以还不会怨天尤人，他语气天真地叙述这一切。当小汤姆因为头上的卷发被剃光而伤心大哭时，"我"热心地安慰小伙伴。当幼小的"我"语气平静地述说自己的遭遇，把一切都当作既成事实来接受时，读者心中无法平静。谁之过？我们也许应当谴责"我"的父亲，谴责那些雇佣童工的人，谴责整个社会的不公正。然而读者自己也应当受谴责，因为"现在我给你们扫烟囱，在煤灰里睡觉"。诗人谴责与他同时代的读者，也促使不同时代、不同地域的读者思考，虽然我们没有直接或间接地剥削过扫烟囱的小孩，但我们有没有助长过其他形式的社会不公正。

　　诗中讲了两个小孩的故事，一个是"我"，一个是小汤姆。在现实生活中无奈而又伤心的小汤姆在梦中摆脱了痛苦。黑漆漆的烟囱就是"黑漆漆的棺材"，小汤姆梦见天使将孩子们从棺材里拯救出来。孩子们在河里将身上的煤灰洗净，恢复孩子的模样，他们在绿色的原野上奔跑，在天空下嬉戏，摆脱了扫烟囱的苦役。诗人笔下的天堂充满田园风光。可是这种摆脱只是暂时的。随着早晨的来临，汤姆不得不醒来，不得不背起工具袋去寒冷的室外走街串巷扫烟囱。现实与梦境的巨大反差没办法调和。天使劝汤姆安于现状、安分守己——"做个好孩子"，上帝就会做他的父亲，他在未来就能获得幸福。即：小汤姆要相信上帝的存在，要顺从上帝的安排，只要把自己的事情做好，上帝自会还他以公道。这些显然是教会的宣教。难道小汤姆的本分就是扫烟囱？做个好孩子就是顺从剥削？诗中的天使没有改变现世苦难的能力，只能许诺死后的幸福。诗人在谴责教会愚弄天真的孩子。然而事情似乎没那么简单。关于上帝和天堂的美梦确实缓解了小汤姆的痛苦："早晨虽寒冷，汤姆却感到快乐又温暖。""我"劝汤姆剃光头发时不要伤心流泪和天使劝汤姆做个好孩子在本质上是一样的：让汤姆接受现状，缓解汤姆的痛楚。诗中用了五个"so"，"So your chimneys I sweep"，"so I said"，"so he was quiet"，"so Tom awoke"，"So if all do their duty they need not fear harm"。"so"意为"因此，于是"，表示对现实的顺从和接受。幼小的"我"和汤姆除了顺从又能怎样呢？可是教会应该做些什么？整个社会又应该做些什么？"布莱克的宗教姿态通常不是顺从，而是抗议。"① 在这首诗里，布莱克强烈谴责以上帝的名义愚弄百姓的教会。

第 3 行诗中 "'weep" 是 "sweep" 的省略式，意为 "扫、打扫"。Weep 意为 "哭，哭泣"。孩子太小，"sweep" 中的 "s" 音发不清楚，结果听起来像 "weep"。诗人用这个词巧妙地暗示扫烟囱的孩子处境悲惨，边喊边哭，喊声里带着悲音。据说汤姆·戴克的名字（Tom Dacre）就是 Tom Dark（Dark：黑暗）文字上的变形，暗示孩子们雪白的皮肤被煤烟染黑，过着暗无天日的生活。这首诗韵律巧妙。比如第 1 行诗可以这样划分音步："When my moth/er died /I was ver/y young"，突出了母亲去世、孩子幼小，增强了悲惨气氛。

The Divine[1] Image

To Mercy[2], Pity, Peace, and Love
All pray in their distress[3];
And to these virtues of delight
Return their thankfulness.

For Mercy, Pity, Peace, and Love
Is God, our Father dear,
And Mercy, Pity, Peace, and Love
Is man, His child and care.

For Mercy has a human heart,
Pity a human face,

---

① Robert, Ryan, "Blake and Religion", The Cambridge Companion to William Blake, Ed. Morris Eaves, New York: Cambridge University Press, 2002, p. 150.

And Love, the human form divine,
And Peace, the human dress.

Then every man, of every clime[4],
That prays in his distress,
Prays to the human form divine,
Love, Mercy, Pity, Peace.

And all must love the human form,
In heathen[5], Turk[6], or Jew;
Where Mercy, Love, and Pity dwell
There God is dwelling too.

【注释】

1. divine：神的，神圣的。
2. mercy：慈悲，怜悯，仁慈，宽容。
3. distress：悲痛，苦恼，忧伤；危难，不幸；贫困，穷苦。
4. clime：地带，地区。
5. heathen：异教徒，异教徒的。
6. Turk：土耳其人。

【译文】

神的形象

遭遇不幸时人们都祈求
仁慈、怜悯、爱与和平；

对这些令人喜悦的善行
人们回报感激之心。

因为仁慈、怜悯、和平与爱
即上帝,我们亲爱的父亲,
仁慈、怜悯、和平与爱
亦即人,他的孩子和挂牵。

因为仁慈具有人的心脏,
怜悯生着人的脸庞,
爱有神圣的人的形状,
和平披着人的衣裳。

所以每个不幸的祈祷者,
无论身处何方,都在向
神圣的人的形象祈求
爱、仁慈、怜悯与和平。

世人必须都爱人的模样,
无论异教徒、穆斯林还是犹太人;
哪里有仁慈、爱与怜悯,
上帝就在哪里栖身。

【评析】

原诗每节偶数行押韵。第 11、15 行中 "the human form divine",杨苡的译文最好:"神化身的人形。"第 18 行 "In heathen, Turk, or Jew" 杨苡译得也非常好:"不论是异教徒、穆斯林或犹太。"我原来译为"无论异教徒、土耳其人还是犹太人"。这三种人本来是三种宗教的代表,诗人是想告诉我们,持不同宗教信仰的人也应该相亲相爱。所以我照搬杨先生的译文，这样译文不但省掉一个字，更简洁，而且更符合诗人原意，更传神。

有些评论家认为，《神的形象》在《天真之歌》这部诗集里占核心地位。①在布莱克的诗歌里，宗教是很重要的主题。"布莱克相信，宗教对人类生活的各个方面都有深刻的影响——政治、经济、心理及文化。而且这种影响通常都是负面的。他憎恶关于他那个时代英格兰社会动荡根源的错误的宗教思考。他发现，甚至与宗教密切相关的最高美德——'仁慈、怜悯、和平与爱'，都遭到了人们令人厌烦的错误理解，或者为了破坏性的目的被实施。"②

布莱克的宗教思想深受瑞典神学家斯维登堡（Emanuel Swedenborg 1688—1772）的影响。布莱克有一本加了注释的斯维登堡的著作《神的爱与神的智慧》。在这本书里，斯维登堡排斥了所有关于神的怜悯的抽象观念。他认为，神的爱和智慧是通过人的形象体现的，耶稣就是典型代表。上帝的爱与怜悯就是通过耶稣这个具体的人而被人们所感知。在《神的形象》这首诗里，布莱克重复了斯维登堡的思想："仁慈、怜悯、爱与和平"分别具有"人的心脏""人的脸庞""人的形状"和"人的衣裳"。布莱克是在说，如果人们做出蕴含爱、仁慈、怜悯、和平的行为，他们就和神一样。

诗中有一句"对这些令人喜悦的善行"，这也呼应了斯维登堡的思想。关于"喜悦"，斯维登堡说，真正的基督徒，他的最大喜悦莫过于为他人效劳。"这是他心中最大的愿望与喜悦。"③

此诗形式也很讲究。整首诗行末最突出的字是"Love"（爱）与"divine"（神的，神圣的）。只要人们传播爱，他们就是神的化身。

---

① Robert Rix, William Blake and the Cultures of Radical Christianity, Aldershot, Hants: Ashgate, 2007, p. 108.
② Robert Ryan, "Blake and Religion", The Cambridge Companion to William Blake, Ed. Morris Eaves, New York: Cambridge University Press, 2002, p. 150.
③ Robert Rix, William Blake and the Cultures of Radical Christianity, Aldershot, Hants: Ashgate, 2007, p. 109.

Night

The sun descending in the west,
The evening star does shine;
The birds are silent in their nest,
And I must seek for mine.
The moon, like a flower,
In heaven's high bower[1],
With silent delight,
Sits and smiles on the night.

Farewell, green fields and happy groves[2],
Where flocks have took delight.
Where lambs have nibbled[3], silent moves
The feet of angels bright;
Unseen they pour blessing,
And joy without ceasing[4],
On each bud and blossom,
And each sleeping bosom.

They look in every thoughtless[5] nest,
Where birds are cover'd warm;
They visit caves of every beast,
To keep them all from harm.
If they see any weeping
That should have been sleeping,
They pour sleep on their head,
And sit down by their bed.

When wolves and tigers howl for prey[6],
They pitying stand and weep;
Seeking to drive their thirst away,
And keep them from the sheep.
But if they rush dreadful[7],
The angels, most heedful[8],
Receive each mild spirit,
New worlds to inherit[9].

And there the lion's ruddy[10] eyes,
Shall flow with tears of gold,
And pitying the tender cries,
And walking round the fold[11],
Saying: 'Wrath[12], by His meekness[13],
And, by His health, sickness
Is driven away
From our immortal[14] day.

'And now beside thee, bleating[15] lamb,
I can lie down and sleep;
Or think on Him who bore thy name,
Graze[16] after thee and weep.
For, wash'd in life's river,
My bright mane[17] for ever
Shall shine like the gold
As I guard o'er the fold. '

<<< 天真与经验之歌

【注释】

1. bower：树荫处，（由树枝或藤缠结成的）遮阴棚；闺房；村舍。
2. grove：树丛，小树林。
3. nibble：一点点地咬或吃。
4. cease：停止，终止。
5. thoughtless：粗心的，疏忽的，欠考虑的；无忧虑的。
6. prey：捕食，摄食。
7. dreadful：可怕的，令人敬畏的。
8. heedful：密切注意的。
9. inherit：继承。
10. ruddy：红的，微红的。
11. fold：羊栏，畜栏；羊群。
12. wrath：愤怒，狂怒；愤怒的行为。
13. meekness：温顺，顺从。
14. immortal：长生的，不朽的。
15. bleat：（羊，小牛等）咩咩叫。
16. graze：（牛、羊等）吃草、放牧。
17. mane：（马、狮）等的鬃毛。

【译文】

夜

太阳在西方沉落，
晚星闪闪烁烁；
鸟儿在巢里静默，
我也必须找到我的窝。

147

月亮,像朵花,
开在天国的树荫下,
满怀喜悦,
静静坐着对夜晚微笑。

再见,绿绿的原野、快乐的林地,
羊群曾在那里享受欢欣。
在羔羊吃过草的地方,伶俐
的天使脚步轻盈;
他们播撒祝福与欢喜,
不让人觉察,也不停息,
撒在每个花蕾、每朵花上,
以及每个熟睡者的胸膛。

他们查看每个无忧虑的鸟窠,
把鸟儿遮盖得暖暖和和;
他们探望每个野兽的洞窟,
让它们免受伤害。
如果他们看到
本该入眠的人却在流泪,
他们就往那些人头上倾倒睡眠,
然后坐在他们床边。

当虎狼为觅食而怒吼,
他们站住垂泪,心生怜悯;
试图赶走它们的欲求,
不让它们将羊群靠近。
但如果它们凶猛地冲过去,

天使们，小心翼翼，
接受每个温柔的灵魂，
让它们在新世界里居留。

在那里，狮子血红的眼睛
会流下金色的泪水，
它们怜悯柔弱的哭声，
在羊栏四周徘徊，
说："愤怒，被他的温顺，
疾病，被他的康健
从我们永生的日子里
驱除净尽。

在你身边，咩咩叫的羔羊，
现在我可以躺下睡觉；
或者想想他，和你的名字一样，
跟在你身后流泪、吃草。
因为，在生命之河里洗过，
我发亮的鬃毛永远会
像金子一样亮闪闪，
当我守护着羊栏。"

【评析】

此诗较长，韵式也复杂，每小节的韵式为：ababccdd，译文很难做到。第44行，"Graze after thee and weep"。我和张炽恒的译文分别是"跟在你身后流泪、吃草"和"在后面吃草和哭泣"。杨苡的译文和我们的相差很大："因你获得荣耀而流泪。"也许杨先生所据版本不同，或者把"graze"（放牧、吃草）一词错看成"grace"（上帝的恩典）。

布莱克的《夜》是英国诗人柯尔律治非常喜爱的一首诗，历来受到评论家广泛好评。诗中展现了两幅场景："夜"和"新世界"。"太阳西沉，/晚星闪耀"，诗歌开头展现的是傍晚，真正的"夜"还未来临。"鸟儿在窝里不再作声，/我也必须找到我的巢。"诗歌的叙述者"我"，即诗人，也渴望安歇，渴望结束白日的劳作，放下笔，投入夜的抚慰。夜晚不属于诗人，属于天使。诗人的作用是有限的。"月亮，像朵花，/开在天国的树荫下，/满怀喜悦/静静坐着对夜晚微笑。"夜里有静谧、安详、欢欣，也有来自虎狼的威胁。"无忧虑的鸟窠"，一方面说明鸟儿无忧无虑，另一方面也说明天真的鸟儿对潜在的危险没有警惕性。夜间，虎狼觅食，扑杀羊群，死去的羊被天使接到"新世界"，那里没有夜晚，只有白昼。在此诗的最后两节，"夜"让位于"新世界"，在那里狮子成了羊群的保护人，不再有血腥的屠杀。"新世界"里没有"愤怒"也没有"疾病"。这两个词很重要。没有"愤怒"就没有仇恨、嫉妒，就只有谦和、温顺与爱。如果说凡人靠自身的修养可以做到消除"愤怒"，那他们无论如何也做不到不生疾病。"疾病"在此处既指肉体的疾病，也指人类社会生活中种种弊病。那确实是一个值得人们憧憬的"新世界"。

诗中"天使"和"狮子"的作用值得深思。诗人对天使在夜间的活动描写得很细致。天使能向尘世播撒祝福与欢乐，能让夜里伤心流泪的人忘记烦恼、进入睡眠。"当虎狼为觅食而怒吼，/他们站住垂泪，心生怜悯；/试图赶走它们的欲求，/不让它们将羊群靠近。"天使似乎只能影响人和动物的情绪，不能影响他们的本性，更不能阻止屠杀，屠杀是不可避免的："但如果它们凶猛地冲过去，/天使们，小心翼翼，/接受每个温柔的灵魂，/让它们在新世界里居留。"天使们对现世的冲突无能为力，但群羊死去后，可以让它们在"新世界"里得到永生。只有在"新世界"里天使和耶稣才能充分发挥他们的作用和影响。在"新世界"里转变最大的当属狮子，无情地扑杀羊群的狮子变成了羊群的守护者。"它们怜悯柔弱的哭声"——狮子怜悯羔羊。"怜悯"是天使特有的行为："当虎狼为觅食而怒吼，/他们站住垂泪，心生怜悯。"被天使怜悯的狮子学会了怜悯羔羊。"愤怒，被他的温顺，/……驱除净尽。"狮子也学会了温顺。温顺在天使身上早已得到体现,当虎狼扑杀羊群时,他们温顺地站在一旁,不加阻拦。其原因也许在于,天使们深知,有生的世界原本就是暂时的、有限的,死亡不是生命的终结,真正的生命从肉体死亡后才开始。

这首诗与《圣经》里《以赛亚书》及《启示录》中的内容均有呼应:"豺狼必与绵羊羔同居,/豹子与山羊羔同卧,/少壮狮子与牛犊并肥畜同群;小孩子要牵引它们。/牛必与熊同食,/牛犊必与小熊同卧,/狮子必吃草与牛一样。"(以赛亚书,11:6~7)在《夜》里,狮子说:"在你身边,咩咩叫的羔羊,/现在我可以躺下睡觉。"布莱克显然受了《以赛亚书》的影响。"天使又指示我在城内街道当中一道生命水的河,明亮如水晶,从神和羔羊的宝座流出来。在河这边与那边有生命树,结十二样果子,每月都结果子,树上的叶子乃为医治万民……不再有黑夜,他们也不用灯光、日光,因为主神要光照他们,他们要做王,直到永永远远。"(启示录,22:1,2,5)。马什(Nicholas Marsh)认为,《夜》中关于永生的"新世界"的描写与《启示录》不大相同。《启示录》中永生世界的光照来自上帝,而《夜》里的光亮似乎来自"狮子","狮子血红的眼睛/会流下金色的泪水";"因为,在生命之河里洗过,/我发亮的鬃毛永远会/像金子一样亮闪闪"。布莱克让狮子在天堂里变成了羊群的守护者,而这正是上帝应该扮演的角色。马什认为,《夜》这首诗暗示狮子与上帝是同一的,狮子是上帝令人生畏的一面。"生命之河"里充满了耶稣的鲜血,耶稣的血不仅救赎、改变了狮子,也救赎、改变了上帝。[1]马什的看法很新奇。

这首诗的格律比较规范,在个别处有变化,呈现出特殊效果,比如第23行接连出现两个重读音节"pour sleep"(倾倒睡眠),这使得诗歌节奏变缓,突出了天使带来的睡眠有舒缓紧张、忧虑的作用。

---

[1] Nicholas Marsh, William Blake: The Poems, New York: Palgrave, 2001, p.162~165.

A Dream

Once a dream did weave a shade
O'er my Angel – guarded bed,
That an emmet[1] lost its way
Where on grass methought[2] I lay.

Troubled, 'wilder'd[3], and forlorn[4],
Dark, benighted[5], travel – worn,
Over many a tangled[6] spray[7],
All heart – broke I heard her say:

'O, my children! Do they cry?
Do they hear their father sigh?
Now they look abroad[8] to see:
Now return and weep for me.'

Pitying, I drop'd a tear;
But I saw a glow – worm near,
Who replied: 'What wailing[9] wight[10]
Calls the watchman of the night?

'I am set[11] to light the ground,
While the beetle goes his round[12]:
Follow now the beetle's hum;
Little wanderer, hie[13] thee home.'

【注释】

1. emmet：（古）蚁。

2. methought：methinks 的过去式与过去分词，（古）我想，据我看来。

3. 'wilder'd：bewildered 的省略式，困惑的；感到眼花缭乱的。

4. forlorn：被遗弃的，孤独的；凄凉的；几乎绝望的。

5. benighted：天黑的，陷入黑暗的；（旧用法，指旅行者）天黑仍在赶路的。

6. tangle：使纠结，使纠缠；使混乱，使困惑。

7. spray：小树枝，小花枝。

8. abroad：遍布，到处；（旧用法）户外。

9. wail：恸哭，号啕；哀诉，悲叹。

10. wight：人类，生物；（古）人，家伙。

11. set（sb/oneself）to do sth：指使、派遣、规定（某人或自己）做某事。

12. round：巡视。

13. hie：（古）赶紧，赶快；催促；快走，疾行。

【译文】

一个梦

有一回梦织成一片荫凉，
遮在有天使看护的我的床上，
梦见一只迷了路的蚂蚁，
我想我是躺在草地。

不安、迷茫、孤独，
一路劳乏，天黑了仍在赶路，
爬过许多交错的树枝，

忽听她开口说话，在伤心欲绝之际：

"唉，我的孩子们！他们可在哭泣？
他们是否听到父亲的叹息？
他们一定时而出去四处查探：
时而回家为我悲叹。"

我为她难过，眼泪直淌；
但我看到一只萤火虫在近旁，
他回应道："是谁哭得凄哀
将守夜人招来？

当甲虫四处查看，
我被派来照亮地面：
你现在跟随甲虫的嗡嗡声；
小迷路者，快快回到家中。"

【评析】
原诗每两行押一韵。

在梦中，叙述者"我"离开天使守护的床，躺在草地上。大自然中的草地似乎比天使看护的床更有吸引力。"我"看见、听到自然界里发生的事：一只蚂蚁迷了路，在萤火虫的帮助下回到家。蚂蚁在孤单、绝望的时候最想念家人——子女和丈夫。她想象家人此时一定万分焦急地四处寻找她，因找不到她而哭泣、叹息。毫无疑问，这是一个相亲相爱、温馨和睦的大家庭。在蚂蚁走投无路，一个人哀哀哭诉的时候，萤火虫前来探问。天使是"我"的看护者，而萤火虫自称是守夜人。萤火虫和天使一样，在夜晚给人带来安宁。不止萤火虫，甲虫也四处巡视，随时准备帮助像迷路的蚂蚁似的在夜里需要帮助的人。自然界中处处有温暖。"当甲虫四处查看，／我被派来照亮地面。"萤火虫当然是上帝派来的,但自然界好像在自行运转,看不到神迹。"我"目睹了这一切,情绪随着蚂蚁起起伏伏。"我"为蚂蚁迷路而心生怜悯、流下泪水;当听到萤火虫的话时,"我"也一定为蚂蚁感到欣慰。

这是一个紧张但又温馨的梦。

On Another's Sorrow

Can I see another's woe[1],
And not be in sorrow too?
Can I see another's grief[2],
And not seek for kind relief?

Can I see a falling tear,
And not feel my sorrow's share?
Can a father see his child
Weep, nor be with sorrow fill'd!

Can a mother sit and hear
An infant groan, an infant fear?
No, no! never can it be!
Never, never can it be!

And can He who smiles on all
Hear the wren[3] with sorrows small,
Hear the small bird's grief and care,
Hear the woes that infants bear,

And not sit beside the nest,
Pouring pity in their breast;

And not sit the cradle near,
Weeping tear on infant's tear;

And not sit both night and day,
Wiping all our tears away?
O, no! never can it be!
Never, never can it be!

He doth give His joy to all;
He becomes an infant small;
He becomes a man of woe;
He doth feel the sorrow too.

Think not thou canst sigh a sigh,
And thy Maker is not by;
Think not thou canst weep a tear,
And thy Maker is not near.

O! He gives to us His joy
That our grief He may destroy;
Till our grief is fled and gone
He doth sit by us and moan.

【注释】

1. woe：悲伤、哀愁、痛苦、苦恼。
2. grief：悲伤、悲痛。
3. wren：鹪鹩。

【译文】

别人的悲伤

我能看着别人哀伤，
自己却不悲伤？
我能看着别人伤悲，
却不寻求体贴的宽慰？

我能看着一颗泪珠滚落，
自己却不跟着难过？
难道父亲能看着他的小孩
哭泣，心中却不充满悲哀？

难道母亲能安坐听任
婴儿害怕、呻吟？
不，不！绝不可能！
绝不，绝不可能！

难道他对万物微笑
却能听任小鹪鹩苦恼，
听任小鸟伤心、担忧，
听任婴儿心怀忧愁，

却不坐在鸟巢旁，
将怜悯倾倒在它们胸膛；
却不坐在摇篮旁，

将泪水滴落在婴儿的泪水上；

却不坐在那里，白天和夜晚，
将我们的泪水都擦干？
哦，不可能！绝不可能！
绝不，绝不可能！

他把欢乐送给大伙儿；
他变成一个小婴儿；
他变成一个有痛苦的人；
他也感受到伤悲。

不要认为你叹气时，
你的造物主没靠近你；
不要认为你流泪时，
你的造物主不在附近。

啊！他把他的欢乐给了我们
以便将我们的悲伤毁灭；
他坐在我们身边哀吟
直到我们的痛苦逃得无踪影。

【评析】

原诗每两行押一韵。第 14 行"Hear the wren with sorrows small"，根据"就近"原则，"small"（小的）应该修饰"sorrows"（悲伤），所以张炽恒和杨苡的译文分别是"会听到鹪鹩有一丝悲伤"，"岂能听鹪鹩小小的痛苦"。全诗表示"悲伤"的词"woe(s)""sorrow(s)""grief""care"前面都没有表示程度的修饰词，而且第 15 行"Hear the small bird's grief and care"中，

"small"明确修饰"bird",所以我感觉第 15 行中的"small"也是修饰"鹪鹩",因此将其翻译成"却能听任小鹪鹩苦恼"。

这首诗采用问答的形式,逻辑性很强。"我能看着别人哀伤,/自己却不悲伤?"答案是:"绝不,绝不可能!"原因有二:其一,"难道父亲能看着他的小孩/哭泣,心中却不充满悲哀?""难道母亲能安坐听任/婴儿害怕、呻吟?"答案当然是"绝不,绝不可能!"因为这样的人算不得父亲、母亲;其二,"难道他对万物微笑/却能听任小鹪鹩苦恼,/听任小鸟伤心、担忧,/听任婴儿心怀忧愁"?"他"指耶稣,答案当然也是:"绝不,绝不可能!"所以"我"的答案也是:"绝不,绝不可能!""我"显然是个天真的孩子,"我"的答案很可能是别人教给"我"的。"他把欢乐送给大伙儿;/他变成一个小婴儿;/他变成一个有痛苦的人;/他也感受到伤悲。"耶稣投胎圣母玛利亚,变成一个小婴儿,给人们带来欢乐,这意味着所有的婴儿都像耶稣一样,能给世间带来欢乐,他们也和耶稣一样,对一切天生有着同情和怜悯。诗中的"造物主"指"上帝",和前面的"他"——耶稣并不矛盾,或者说是同一个人,因为按照基督教"三位一体"之说,"圣父"上帝和"圣子"耶稣为一体。耶稣最了解"生而为人"的痛苦,因为"他变成一个有痛苦的人;/他也感受到伤悲"。上帝则对凡人充满怜悯,直到他们抛弃肉体、进入永生:"坐在我们身边哀吟/直到我们的痛苦逃得无踪影。"没有痛苦,也就不是人了。为什么一定要有痛苦?根据基督教的《圣经》,宇宙万物乃上帝创造,他为什么一定要创造痛苦?

综合《天真之歌》里的其他诗歌,赫希(E. D. Hirsch)认为,这首诗明显具有讽刺意味。《小黑孩儿》中受压迫的黑人小孩,《扫烟囱的小孩》里被父亲卖掉的孩子,《夜》中"为觅食而怒吼"的"虎狼"……种种残酷的现实表明,"我能看着别人哀伤,/自己却不悲伤"[①]。

[①] E. D. Hirsch, JR., Innocence and Experience: An Introduction to Blake, Chicago: University of Chicago Press, 1975, p. 18.

The Little Boy Lost

'Father! father! where are you going?
O do not walk so fast.
Speak, father, speak to your little boy,
Or else I shall be lost.'

The night was dark, no father was there;
The child was wet with dew[1];
The mire[2] was deep, and the child did weep,
And away the vapour[3] flew.

【注释】

1. dew：水珠、露水。
2. mire：泥潭、泥沼。
3. vapour：潮气、水汽、雾气。

【译文】

小男孩迷路了

"爸爸！爸爸！你要去哪儿？
别走那么快啊。
说话呀爸爸，跟你的孩子说话呀，
不然我就走丢啦。"

夜色黑暗，不见爸爸身影；
露水打湿孩子衣衫；

泥潭深深，孩子呜咽，

雾气飘散。

【评析】

原诗只有短短的2小节，每节4行，偶数行押韵。很可怕的一首诗，可以有三种解释。

第一，因为某种不明的原因，狠心的父亲把小男孩带到荒凉的沼地，然后故意将其抛弃。这是一首关于遗弃的诗。

第二，小男孩无法理解和接受父亲死亡的事实，来到父亲葬身的沼地，极度的思念使他产生幻觉，在雾气中看到父亲的幻象。所以张炽恒将最后一句译成："幻象也跟着消失了。"很有道理。

第三，这首诗隐喻人类的灵魂迷失在黑暗的泥沼，苦苦寻找"天父"。可是"天父"似乎并不存在。人们呼唤"他"，得不到回应。黑暗的夜色中也看不到他的身影。对于"天父"的信仰也许只是人类一厢情愿的幻想，所以得到的只有绝望。"孩子呜咽"与"雾气飘散"如果有必然的联系，那一定是幻想消失之痛。

The Little Boy Found

The little boy lost in the lonely fen[1],
Led by the wand'ring light,
Began to cry; but God, ever nigh[2],
Appear'd like his father, in white.

He kissèd the child, and by the hand led,
And to his mother brought,
Who in sorrow pale, thro' the lonely dale[3],
Her little boy weeping sought.

【注释】

1. fen：沼泽地带，沼泽、沼地。
2. nigh：接近、靠近，在……附近。
3. dale：谷，山谷。

【译文】

小男孩找到了

迷途在荒凉的沼地，
被游荡的光牵引，
小男孩开始哭泣；一直在近旁的上帝，
此时出现，一身白衣，像他的父亲。

他吻了孩子，拉起小手，
把孩子带到母亲身边，
她面容惨白愁苦，走遍荒谷，
一路哭着找寻她的小男孩。

【评析】

这首诗与《小男孩迷路了》是一组诗，或者是其下篇。两首诗结构相同：只有短短2小节，每节4行，偶数行押韵。

两首诗自始至终没有出现小男孩的父亲，想必他死了。上帝的出现挽救了迷路的小男孩，将男孩带回母亲身边。可是结局似乎并不可靠，令人不安。因为上帝不是实体的人，不可能亲吻孩子、拉起孩子的手。而且诗歌结尾明明写道："她面容惨白愁苦，走遍荒谷，／一路哭着找寻她的小男孩。"这句诗暗示，找男孩的行动还在继续。"游荡的光"很可能指磷火或鬼火。

"一直在近旁的上帝，/此时出现，一身白衣，像他的父亲。"只是像而已。这也许是孩子头脑中产生的一个幻象，其实并不存在，会将他引入迷途，就像《小男孩迷路了》的结尾一样，孩子仍处于迷失之中。

《小男孩迷路了》与《小男孩找到了》是关于自然与信仰的诗。大自然里只有"泥潭深深""夜色黑暗"，还是有上帝掌管着一切？

Songs of Experience

Introduction

Hear the voice of the Bard[1]!
Who present, past, and future, sees;
Whose ears have heard
The Holy Word
That walk'd among the ancient trees,

Calling the lapsèd[2] soul,
And weeping in the evening dew;
That might control
The starry[3] pole[4],
And fallen, fallen light renew!

'O Earth, O Earth, return!
Arise from out the dewy grass;
Night is worn,
And the morn
Rises from the slumberous[5] mass.

'Turn away no more;
Why wilt[6] thou turn away.

The starry floor,

The wat'ry[7] shore,

Is giv'n thee till the break of day.'

【注释】

1. bard：吟游诗人，流浪诗人；诗人。

2. lapse：跌落、下降。

3. starry：布满星星的。

4. pole：天空。

5. slumberous：昏昏欲睡的；催眠的；沉睡般的，安静的。

6. wilt：will 的古体字，主语为 thou 时使用。

7. wat'ry：watery，含水的，充满水的，湿的。

【译文】

序诗

听那吟游诗人的声音！
现在、过去和未来他全看见；
他还听清
神圣的话
飘荡在古代的树林中间，

呼唤着堕落的魂灵，
在黄昏的露水间哭泣；
或许能操纵
满天繁星，

更新陨落的、陨落的星辉!

"大地啊大地,快醒来!
从沾满露珠的草地起身;
夜晚消尽,
而黎明
从沉睡的人群中上升。

别再转过脸;
你为何要转过脸去?
星光辉映的地面,
湿漉漉的海岸,
在破晓前都赠予你。"

【评析】
原诗每小节的韵式是 abaab,其中有半韵,比如 Bard/heard, return/worn;还使用了单音节词与双音节词押韵,比如 Soul/controll, dew/renew。这是《经验之歌》的序诗。《天真之歌》里的诗韵律规范、平稳,可这首诗韵律多变,读者无法预料诗人接下来会写些什么,所以《序诗》从形式上告诉我们,《经验之歌》告别了《天真之歌》的简单与单纯。

第9行"The starry pole",三种译文差别很大,我、张炽恒和杨苡的译文分别是:"满天繁星""北极明星"和"灿烂的星座"。"pole-star"意为"北极星",但诗中写的是"starry pole",不能理解为"北极星"。我查了一些字典,终于发现"pole"有"天空"之意,所以译为"满天繁星"。第18行"The starry floor",英语的意思是"布满星星的地面",很难解,地面如何能布满星星?赫希(E. D. Hirsch)认为,大地的屋顶即天空的地面,"floor"

指穹窿、天空。①我采用赫希的解说,将"floor"译为"天空"。这首诗的内容复杂、难懂。诗中最重要的三个要素是"吟游诗人""神圣的话""大地",其次还提到"堕落的魂灵""夜晚"和"黎明"。

开头很突兀,诗人命令读者倾听吟游诗人的歌唱,原因可能是:吟游诗人不同寻常,他能看见过去、现在与未来,他还听过"神圣的话"。当我们响应诗人的要求想听听吟游诗人的声音的时候,接下来几行诗又令人迷惑,"或许能操纵/满天繁星,/能更新陨落的星辉",谁有这么大的威力,是"神圣的话"还是"吟游诗人"?最后两节诗用了引号,想必是吟游诗人的歌唱,那么前面"呼唤着堕落的魂灵,/在傍晚的露水间哀泣;/或许能操纵/满天繁星,/能更新陨落的星辉!"都是"神圣的话"发出的动作。

吟游诗人清楚过去,因为他听过"神圣的话"。很多评论家认为,"神圣的话"指《圣经》中上帝将亚当和夏娃逐出伊甸园时说的话——"又对女人说:'我必多多加增你怀胎的苦楚,你生产儿女必多受苦楚……'又对亚当说:'……地必为你的缘故受诅咒。你必终身劳苦,才能从地里得吃的。地必给你长出荆棘和蒺藜来,你也要吃田间的菜蔬。你必汗流满面才得糊口,直到你归了土,因为你是从土而出的。你本是尘土,仍要归于尘土。'"(创世纪,3:16~19)当时亚当和夏娃藏在"园里的树木中",听到耶和华神在园中行走,在呼唤他们。诗中说:"神圣的话/在古森林里行走,/呼唤着堕落的魂灵",与圣经中的场景吻合。显然,"神圣的话"指上帝对亚当和夏娃的宣判。

吟游诗人清楚现在和未来:"夜晚消尽,/而黎明/从沉睡的人群中上升。"夜晚即将过去,黎明正在来临。最后两节最难懂。吟游诗人在叫醒大地,让大地享用自己的权力,即拥有"星光辉映的地面"和"湿漉漉的海岸"。然而时间很短:"在破晓前都赠予你。"在如此短暂的时间拥有"地面"和"海岸"有何意义?夜晚也许指人类堕落的漫漫长夜,黎明指永生世

---

① E. D. Hirsch, JR. Innocence and Experience: An Introduction to Blake, Chicago: University of Chicago Press, 1975, p. 212.

界的黎明。那么吟游诗人预见的是永生的未来。奇怪的是，吟游诗人没有祈求上帝让黎明来临，却祈求被上帝诅咒的大地。只要大地愿意醒来，她似乎有自我救赎的能力。

《序诗》写于1789年末或1790年初，当时布莱克正因法国大革命而激动、振奋。马什（Nicholas Marsh）指出，这首诗中的两个思想会使宗教界感到震惊：一、突出了上帝对亚当和夏娃的惩罚而非他们的罪过，好像人类的堕落由"神圣的话"引起；二、只要大地愿意，她就能摆脱上帝的惩罚。[①]马什的看法很有见地。

Earth's Answer

Earth rais'd up her head
From the darkness dread[1] and drear[2].
Her light fled,
Stony dread!
And her locks[3] cover'd with grey despair.

'Prison'd on wat'ry shore,
Starry Jealousy does keep my den[4]:
Cold and hoar[5],
Weeping o'er,
I hear the Father of the Ancient Men.

'Selfish Father of Men!
Cruel, jealous, selfish Fear!
Can delight,
Chain'd in night,

[①] Nicholas Marsh, William Blake: The Poems, New York: Palgrave, 2001, p.23.

The virgins of youth and morning bear?

' Does spring hide its joy
When buds and blossoms grow?
Does the sower[6]
Sow by night,
Or the ploughman in darkness plough?

' Break this heavy chain
That does freeze my bones around.
Selfish! vain!
Eternal bane[7]!
That free Love with bondage bound. '

【注释】

1. dread: 令人畏惧的, 非常可怕的。
2. drear: 阴沉的; 悲伤的, 阴郁的。
3. lock: 一缕头发, (复数) 头发。
4. den: 兽窝, 兽穴, 窝巢。
5. hoar: hoary, 灰白的, 白的; 古老的。
6. sower: 播种者。
7. bane: 灾星、祸根、烦人的事。

【译文】

大地的回答

在可怕、阴郁的黑暗中

大地抬起头来。
她的光彩消隐，
无情的恐惧！
她的灰发被绝望遮盖。

"被幽禁在湿漉漉的海滨，
闪烁星光的嫉妒看守我的洞窟：
冷漠而年迈，
我听见古人的父亲
在哀哭。

"人类自私的父亲！
因冷酷、嫉妒、自私而心生恐惧！
在黑夜中被铁链锁住，
喜悦怎么能生出
青春和黎明的少女？

"当蓓蕾和花朵生发
春天隐藏它的欢乐吗？
播种者
在夜晚播种吗？
或者犁地者在黑暗中犁地吗？

"打碎这沉重的锁链
它弄僵了我全身的筋骨。
自私！虚荣！
永恒的祸根！
用奴役将自由之爱束缚。"

【评析】

这首诗难懂，更难译。对比布莱克的手稿，终稿删减了一些词，诗意高度精练、浓缩，因此难懂。比如第1节第3行，原稿是："Her eyes fled/orbs dead/light fled"（她的双眼逃离/眼球死去/光彩消失）。终稿缩减至一行，"Her light fled"（她的光彩消隐）。第4行"Stony dread！"（无情的恐惧！）难以理解，但结合手稿就容易理解：大地的一双盲眼像石头，冰冷、没有光彩、没有生命，流露出恐惧。第25行"That free Love with bondage bound"是定语从句，修饰先行词"Eternal bane"（永恒的祸根）。这句的正常语序应该是"That bound free Love with bondage"（用奴役将自由之爱束缚）。对比手稿意思就更清楚："Thou, my bane Hast my Love with bondage bound."（你，我的祸根，用奴役将自由之爱束缚。）

此诗可以看作《序诗》的下篇，"大地"对吟游诗人的召唤作出回答，不加掩饰地嘲弄了《序诗》中的一些说法，"The Holy Word"（神圣的话）变成了"Eternal bane"（永恒的祸根）；"the lapsèd soul"（堕落的灵魂）变成了"自由之爱"；"The starry floor"（星光辉映的天空）变成了"Starry Jealousy"（闪烁星光的嫉妒）；吟游诗人津津乐道的礼物"The wat'ry shore"（湿漉漉的海岸）变成了监狱，"Prison'd on wat'ry shore"（被幽禁在湿漉漉的海岸）。第1、2节已经建立起来的韵式"abaab"到第3、4节突然变成"abccb"和"abcdb"。大地愤怒至极，向吟游诗人抛出一个个问题，顾及不到礼貌，也来不及字斟句酌。大地感到自己被残酷地囚禁在海滨，她似乎在一次次地撞击诗歌的固定格律，要冲破禁锢。而这一切都源于上帝的惩罚。大地直截了当地表达了对上帝的憎恶，称他为"人类自私的父亲"。在大地眼中，哭泣的上帝"冷漠而年迈"，"因冷酷、嫉妒、自私而心生恐惧"。上帝用锁链将大地监禁在湿漉漉的海岸。上帝对亚当、夏娃的宣判是"自私！虚荣！/永恒的祸根"，上帝"用奴役将自由之爱束缚"。

诗中有两个视角，看到的景象完全不同。第1节是吟游诗人的视角，他看到大地在黑暗中抬起头，她无精打采、陷入深深的绝望。其余4节是大地的视角,她说自己被上帝用锁链囚禁,动弹不得。吟游诗人并未看到锁链,因此锁链也许只是大地内心的感觉,真正阻碍她采取行动的是彻底的绝望,而不是看得见的锁链。

在《序诗》中吟游诗人看到夜晚即将消尽,黎明就要来临,只要大地愿意,就能走进黎明,所以他一再呼唤大地起来。大地向吟游诗人追问了三个问题,用以解释她为什么不能起来。三个问题的答案是否定的,所以她也做不到。第一个问题:"在黑夜中被铁链锁住,/喜悦怎么能生出/青春和黎明的少女?"第三个问题:"播种者/在夜晚播种吗?/或者犁地者在黑暗中犁地吗?"可见,在大地的心里,还处于夜晚的黑暗中。她不起来主要是心理原因。第二个问题:"当蓓蕾和花朵生发/春天隐藏它的欢乐吗?"春天隐藏生命活力是一种不正常、不自然的行为。黎明即将来临,而大地却不愿意起来,这也是不正常、不自然的行为。大地为什么这样呢?因为内心的恐惧——"无情的恐惧!"感到恐惧的不仅是大地,还有上帝"因冷酷、嫉妒、自私而心生恐惧!"

这首诗用了很多抽象词:"darkness"(黑暗)、"dread"(畏惧)、"Fear"(恐惧)、"despair"(绝望)、"Jealousy"(嫉妒)、"youth"(青春)、"morning"(黎明)、"delight"(快乐)、"joy"(喜悦)、"free Love"(自由的爱)。

Nurses Song

When the voices of children are heard on the green
And whisp'rings[1] are in the dale[2],
The days of my youth rise fresh in my mind,
My face turns green[3] and pale.

Then come home, my children, the sun is gone down,
And the dews of night arise;
Your spring and your day are wasted in play,
And your winter and night in disguise[4].

171

【注释】

1. whisp'ring：whispering，耳语，低语。
2. dale：谷，山谷。
3. green：（脸色等）发青的，面色苍白的，带病容的。
4. in disguise：伪装，掩饰；隐瞒，隐藏。

【译文】

保姆之歌

当草地上传来孩子们的声音
当山谷回荡着细语轻声，
我的青春时光重现脑海，
我的脸就苍白、发青。

那么回家吧，孩子们，日头落了，
已经起了夜露；
你们的春天和白昼在玩耍中浪费，
你们的冬天和夜晚在伪装中虚度。

【评析】

这首诗偶数行押韵。

此诗第1行与《天真之歌》中的《保姆之歌》的第1行相同，时间也是日落时分，也是保姆催促孩子们回家，但两首诗接下来的内容截然不同。在《天真之歌》里，保姆听到的是孩子的笑声，内心感到无比安宁。她和孩子们之间有对话，声音和悦，对孩子们宠爱有加，甚至纵容孩子们再玩会儿的要求。孩子的年纪也小，是"小家伙们"。而在《经验之歌》里，只是保姆一个人在说话，声音怨毒，孩子们根本没有表达自己的机会。保姆听到的是"细语轻声"，一方面说明保姆内心不安，对别人充满猜疑，总觉得孩子们有事瞒着她，另一方面也说明孩子们不再年幼，已经有了秘密，已意识到"性"，因此保姆也回忆起自己的青春："我的青春时光重现脑海，／我的脸就苍白、发青。"保姆也许是出于嫉妒，也许悔恨自己荒废了青春却没得到真正的满足。"她的脸苍白又发青，因为那就是传统中性饥渴的老处女的脸色，由于渴念着绝不会属于她的那些经验而苦恼。"[①]"你们的春天和白昼在玩耍中浪费，／你们的冬天和夜晚在伪装中虚度。"保姆也许是在诅咒孩子们，也许是根据自己的人生经验提醒或者预言他们的未来。无论怎样，保姆的话都是消极和绝望的，因为平日里她压抑、伪装得太久。在《天真之歌》里，保姆延续了孩子们的天真，这体现在保姆能理解、纵容孩子的想法，也体现在太阳落山后仍有余晖，"天还亮着"。而在《经验之歌》里，作为一个成年人，保姆只剩下失败、惨痛的人生经验。

《天真之歌》里的《保姆之歌》英文题目是"Nurse's Song"，《经验之歌》里的《保姆之歌》英文题目是"Nurses Song"。前者有 16 行，像是保姆唱的一首歌；后者只有 8 行，是关于保姆的一首歌。

The Fly

Little Fly[1],

Thy summer's play

My thoughtless hand

Has brush'd[2] away.

    Am not I

[①] 威廉·布莱克著、杨苡译：《天真与经验之歌》，湖南人民出版社 1988 年版，第 135 页。

A fly like thee?
Or art not thou
A man like me?

For I dance,
And drink, and sing,
Till some blind hand
Shall brush my wing.

If thought is life
And strength and breath,
And the want
Of thought is death;

Then am I
A happy fly,
If I live
Or if I die.

【注释】

1. fly: 苍蝇,蝇类虫害。
2. brush: (用刷子或手) 掸,拂去,擦掉。

【译文】

飞蝇

小小飞蝇,
你夏日的欢娱
被我无思的手
一下抹去。

难道我不是
像你一样的飞蝇?
或者你不是
像我一样的人?

因为我跳舞,
饮酒又歌唱,
直到某只盲目的手
抹掉我的翅膀。

若思即生
力和呼吸,
思的缺场
即意味着死;

那么,我就是
一只幸福的飞蝇,
无论我活着

抑或失去生命。

【评析】

这首诗格律简单，偶数行押韵。短短的诗行像飞蝇短暂的欢娱；简单、短小的单词像飞蝇小小的身体。诗人的思路转折迅速、突兀，像飞蝇的生命突然被人中断。

第1、3、4、5节诗的结尾分别是："Has brushed away"（一下抹去）；"Shall brush my wing"（抹掉我的翅膀）；"the want/ Of thought is death"（思的缺场/即意味着死）；"Or if I die"（抑或失去生命）。这些诗行提示我们，这是一首关于死亡的诗。死亡随时发生，"我"不经意间就夺去一只飞蝇的生命。"我"由飞蝇之死联想到生命的脆弱，顿悟："我"与飞蝇无异——"难道我不是/像你一样的飞蝇？"当"我"快活地跳舞、饮酒、唱歌时，"我"的生命随时会被一只盲目的手折断。"或者你不是/像我一样的人？"这句话表达了"我"对飞蝇的愧疚，飞蝇也是一个宝贵的生命个体。

"若思即生/力和呼吸，/思的缺场/即意味死。"这节诗可以有两种解释：一、"我"的手因为无思而造成飞蝇死亡，使它丧失了力量和呼吸；二、只要人活着即有思考能力，因此"我"才能由飞蝇之死联想到自己的命运。"那么，我就是/一只幸福的飞蝇，/无论我活着/抑或失去生命。""我"活着，就像快活的飞蝇一样，享受眼前的幸福，不知自己的生命何时结束。如果"我"死去，没了思考能力，也就意识不到生命的脆弱，也就没了思考的痛苦。

The Tiger

Tiger! Tiger! burning bright
In the forests of the night,
What immortal hand or eye
Could frame[1] thy fearful symmetry[2]?

In what distant deeps[3] or skies
Burnt the fire of thine eyes?
On what wings dare he aspire[4]?
What the hand dare seize the fire?

And what shoulder, and what art,
Could twist[5] the sinews[6] of thy heart?
And when thy heart began to beat,
What dread hand? And what dread feet?

What the hammer? What the chain?
In what furnace[7] was thy brain?
What the anvil[8]? What dread grasp
Dare its deadly terrors clasp[9]?

When the stars threw down their spears,
And water'd heaven with their tears,
Did he smile his work to see?
Did he who made the Lamb make thee?

Tiger, Tiger, burning bright
In the forests of the night,
What immortal hand or eye
Dare frame thy fearful symmetry?

【注释】

1. frame：塑造；设计，构想出。
2. symmetry：对称，对称美。

3. deeps：海，深处。

4. aspire：上升，高高升起；渴望，追求。

5. twist：使变形，扭，拧。

6. sinews：肌肉，筋肉；键。

7. furnace：炉子，熔炉，火炉。

8. anvil：砧，铁砧。

9. clasp：抱紧，紧握；扣住，扣紧。

【译文】

老虎

老虎！老虎！灼灼燃烧在
黑夜的森林，
什么不朽的手或眼
能塑造出你那可怕的匀称？

在哪片遥远的海洋或天空
烧出你眼中的火？
凭借什么翅膀他敢高翔？
什么手敢抓取那团火焰？

什么臂膀，什么技巧，
能拧成你心脏的肌肉？
当你的心开始蹦跳，
什么可怕的手？什么可怕的脚？

什么铁锤？什么铁链？
你的头脑在什么炉里锻炼？
什么铁砧？什么可怕的握力
敢抓住它那些可怕的东西？

当星星投下他们的矛枪，
并用泪水浇湿了天空，
他看到他的作品可微笑？
造了羔羊的他可曾造了你？

老虎！老虎！灼灼燃烧在
黑夜的森林，
什么不朽的手或眼
敢塑造你那可怕的匀称？

【评析】

原诗每行四音步，基本上是扬抑格，双行押一韵。

《老虎》是布莱克最伟大、最著名的一首诗，也是编入诗选最多的一首英国诗歌。这首诗韵律铿锵，如铁锤一下下猛力击打铁砧，仅仅大声朗读一遍就是种享受。此诗内容复杂，多用典故，意义不确定，耐人寻味，不可尽解，令一代代读者为之着迷。

在第1节中，"黑夜的森林"令人联想到但丁《神曲》中迷途者的森林："我走过我们人生的一半旅程，／却又步入一片幽暗的森林，／这是因为我迷失了正确的路径。"（黄文捷译）但丁的"幽暗的森林"中有三头猛兽——豹子、狮子、母狼，随时夺取迷途者的性命，而布莱克"黑夜的森林"中有老虎在灼灼燃烧。火象征光明，也象征毁灭，能毁灭让人迷路的黑森林，也能毁灭其中的生灵。布莱克的老虎似乎既能为恶也能为善，或者说它对善与恶都有绝对的威慑力与毁灭力。无论如何，黑夜的森林中燃烧的火让人觉得可怕亦可畏。老虎在燃烧，这种印象也许来自老虎眼睛里的火，也许是老虎超常的生命活力照亮了整个森林。"可怕的匀称"指出老虎的两个特性：力与美。

第 2 节中，诗人延续第 1 节末的思路，由老虎的可畏、可怕想到老虎的创造者。"在哪片遥远的海洋或天空/烧出你眼中的火？"遥远的天空可能指天堂，遥远的海洋可能指地狱。在弥尔顿《失乐园》的开头部分，撒旦和许多反叛的天使被上帝由"净火天"打入地狱受火刑："全能的神栽葱般，/把浑身火焰的他从净火天上摔下去，/这个敢于向全能全力者挑战的神魔迅速坠下，/一直落到深不可测的地狱，/被禁锢在金刚不坏的镣铐和永远燃烧的刑火中。"（第一卷，44～48 行）老虎眼中的火也许是天堂之火，也许是地狱之火，它兼具天堂的圣洁与地狱的邪恶。"凭借什么翅膀他敢高翔？/什么手敢抓取那团火焰？"这两句诗让人想到希腊神话中的伊卡罗斯（Icarus）和普罗米修斯（Prometheus）。伊卡罗斯用蜡做成翅膀绑在身上逃离克里特岛，飞上天空后就忘记了父亲的提醒，抵制不住越飞越高的欲望。结果，翅膀被太阳融化，溺海而亡。普罗米修斯设法窃走天火，偷偷地把它带给人类。

诗人在第 3 节继续追问："什么臂膀，什么技巧，/能拧成你心脏的肌肉？"创造老虎像创造艺术作品，需要付出苦力与技艺。第 3 节最后 1 行"什么可怕的手？什么可怕的脚？"还是在追问创造者的手和脚，与第 4 节的问题"什么铁锤？什么铁链？"相连。在手稿中，第 3 节与第 4 节开头是这样写的："什么臂膀，什么技巧/能拧成你心脏的肌肉/当你的心开始蹦跳，/什么可怕的手，什么可怕的脚/能从火炉深处将它取出。"第 4 节展现了热火朝天的铁匠作坊："什么铁锤？什么铁链？/你的头脑在什么炉里锻炼？/什么铁砧？什么可怕的握力/敢抓住它那些可怕的东西？"熊熊燃烧的火炉，叮当作响的铁锤、铁砧，力与勇气的较量，整首诗在诗人越来越急迫的追问声中达到高潮。这节诗中难以理解的词是"铁链"。铁链是做什么用的？是铁匠工作过程中必备的工具，还是另有含义，与束缚、自由有关？

第 5 节是整首诗的转折，场景由热闹的铁匠作坊突然变成寂静的夜空，历来引起评论家的兴趣，大家认为这节诗与《失乐园》《圣经》有关系。在

《圣经》中，当约伯因绝望而质疑自己的信仰、诅咒自己的命运的时候，上帝从旋风中回答约伯说："我立大地根基的时候，你在哪里呢？……那时，晨星一同歌唱，神的众子也都欢呼。"（《约伯记》，38：4~7）当约伯心中充满疑惑时，上帝向他描绘了创世的情形，以坚定他的信仰。在前几节诗中，诗人一遍遍追问，是谁创造了老虎，此处给出了答案：当然是上帝，是他创造了一切。在《约伯记》的这段引文中，星星在唱歌，而在布莱克的诗中，星星在流泪，"并用泪水浇湿了天空"。在布莱克的其他诗作里，不乏喜极而泣的例子，也许星星是因为高兴而流泪。在《失乐园》中，叛乱天使战败落下深渊前："他们个个骇怕，/失去所有的抵抗力，/失去勇气；纷纷落下无用的武器。"（第六卷，838~839行）布莱克的诗中"当星星投下他们的矛枪"，这与叛乱天使纷纷丢下武器很相近。"星星"也许指反叛的天使，他们战败落下深渊，而他们的泪水则留在天上变成星星。《失乐园》第十卷，亚当吃了禁果后，"谦卑地承认自己的错误，/乞求宽恕，用眼泪洒遍大地"（1089~1090行）。亚当用眼泪洒遍伊甸园的土地，与诗中星星"用泪水浇湿了天空"也很相近。在《圣经》中，"神看着一切所造的都甚好"。（创世纪，1：31）既然上帝对他所创造的一切都很满意，所以诗人问，上帝看到他造的老虎是否满意："他看到他的作品可微笑？"无论布莱克在第5节诗中用了什么典故，归纳起来可以理清这几点。上帝创造了一切，也创造了威猛的老虎。据《失乐园》，反叛的天使堕入地狱深渊，接着上帝创造天地万物，包括人，后来人也因偷吃禁果堕落了。我们可以得出这样的印象：人类的堕落不可避免，是上帝创造的有秩序的世界的一部分。上帝创造的世界有善，同时亦有恶。上帝创造了羔羊，就相应地一定要创造猛虎。猛虎和羔羊一样，都是上帝神圣的创造。"造了羔羊的他可曾造了你？"答案：是的。

第6节与第1节诗的内容一样，只是把"能"改成了"敢"。诗人由对猛虎的惊异与害怕逐渐过渡到对上帝的敬畏。"什么不朽的手或眼/敢塑造你那可怕的匀称？"上帝怎么敢创造出老虎这样一个兼具力与美，既能为善也能为恶的作品？上帝怎么敢让这个世界善、恶并存？诗人在诗中问了很多问题，并没有明确给出答案，读者的答案只是一厢情愿的理解，评论者也众说纷纭，还是让诗句自己解说吧。

我们读罢这首诗，为诗的韵律和复杂、模糊的意义着迷，但分析来分析去似乎又没有完全理解，留在脑海中的只有在黑夜的森林中灼灼燃烧的老虎。它一直在那里，不为我们的理解而存在。

布莱克的《老虎》实在太有名，所以中文译文也很多（卞之琳、郭沫若、徐志摩、杨苡等都曾翻译过此诗）。宋雪亭的译文韵律感特别好，朗朗上口，有的诗行译得很精彩，但擅自增加了一些词，改变了诗的原意，且有个别地方译错。

The Little Girl Lost

In futurity[1]
I prophetic[2] see
That the earth from sleep
(Grave[3] the sentence deep)

Shall arise and seek
For her Maker meek;
And the desert wild
Become a garden mild.

In the southern clime[4],
Where the summer's prime[5]
Never fades away,
Lovely Lyca lay.

Seven summers old
Lovely Lyca told;
She had wander'd long

Hearing wild birds' song.

'Sweet sleep, come to me
Underneath this tree.
Do father, mother, weep?
Where can Lyca sleep?

'Lost in desert wild
Is your little child.
How can Lyca sleep
If her mother weep?

'If her heart does ache
Then let Lyca wake;
If my mother sleep,
Lyca shall not weep.

'Frowning, frowning night,
O'er this desert bright,
Let thy moon arise
While I close my eyes. '

Sleeping Lyca lay
While the beasts of prey[6],
Come from caverns[7] deep,
View'd the maid asleep.

The kingly lion stood,

And the virgin view'd,
Then he gamboll'd[8] round
O'er the hallow'd[9] ground.

Leopards, tigers, play
Round her as she lay,
While the lion old
Bow'd[10] his mane[11] of gold

And her bosom lick,
And upon her neck
From his eyes of flame
Ruby[12] tears there came;

While the lioness
Loos'd her slender dress,
And nakèd they convey'd
To caves the sleeping maid.

【注释】

1. futurity: 未来，来世。
2. prophetic: 预言的，预言性的。
3. grave: 雕刻，铭记。
4. clime: 地方，地带。
5. prime: 全盛时期，精华，最好部分。
6. prey: 捕食。
7. cavern: 洞穴，山洞。
8. gambol: 雀跃，嬉戏。

9. hallow：使成为神圣，认为……神圣
10. bow：使弯曲。
11. mane：（马、狮）等的鬃毛。
12. ruby：深红色的，红宝石色的。

【译文】

小女孩迷路了

我预见
未来
大地从睡眠中苏醒
（把这句话深刻铭记在心）

起来并寻觅
她温顺的主；
荒漠将变成
旖旎的花园。

在南方地带，
盛夏
永不消逝，
可爱的莉卡躺在那里。

七个夏天度过
可爱的莉卡说；
她游荡的时日已长

一路听着野鸟歌唱。

"甜蜜的睡眠,到我这来
在这棵树下。
爸爸、妈妈可在哭泣:
莉卡能睡在哪里?

"你们的小孩子
在荒野里迷失。
莉卡怎么能入睡
如果妈妈在哭泣?

"如果她心痛
就让莉卡保持清醒;
如果妈妈入睡,
莉卡就不再哭泣。

"皱着眉,皱着眉的夜,
在明朗的荒野,
当我阖上眼皮
让你的月亮升起。"

莉卡躺下睡着
捕食的猛兽,
从深深的洞穴出来,
观看这熟睡的女孩。

狮王驻足,

查看小童女，
然后他四处蹦跳
在那神圣的地方。

老虎、豹子，
在她周围嬉戏，
一只年老的狮子
垂下金鬃毛；

舔着她的胸膛，
从他的一双火眼
滚出的珠泪深红
滴落在她的脖颈；

而一只母狮子
为她解开薄衣，
他们将熟睡的小姑娘
赤裸着抬进山洞。

【评析】

原诗每两行押一韵。

小女孩莉卡7岁，"七个夏天度过"。她虽在荒野迷失，但好像并不害怕，也不慌张。她唯一担心的是父母，想着他们为她担惊受怕她才感到不安。"莉卡怎么能入睡/如果妈妈在哭泣？//如果她心痛/就让莉卡保持清醒；/如果妈妈入睡，/莉卡就不再哭泣。"至于迷路的原因，诗中并没交代。"一路听着野鸟歌唱"，她似乎随心所欲，跟着直觉一直走下去，结果走到南方，来到盛夏"永不消逝"的地方。她的"迷失"只是和父母分开，对她来说似乎并没什么不好。她对大自然充满信赖：她在树下睡觉，让夜晚为她升

187

起月亮。她相信自然的结果是自然不伤害她：夜里出来捕食的猛兽在她周围嬉戏，狮王发现她后兴奋地"四处蹦跳/在那神圣的地方"。也许在女孩来之前那里就是圣地，也许随着女孩的到来，那地方才变得神圣。原因很可能是后者，因为老狮子的一双火眼流出了深红色的眼泪：激动、喜悦、怜悯。

母狮子为何脱去小姑娘的衣服？盛夏"永不消逝"的地方仿佛伊甸园，在那里人们呈现肉体最自然、最本真的状态。也许小姑娘死了，所以母狮子脱去她的衣服将她抬进"山洞"安葬。睡眠意味着死亡。联系到本诗开头，诗人预见到未来："荒漠将变成/旖旎的花园"，无论小姑娘活着还是死了，她的肉体或灵魂都进了乐园。

"大地从睡眠中苏醒//起来并寻觅/她温顺的主"，这句诗呼应了《序诗》和《大地的回答》两首诗。在那两首诗中，大地在黑暗中沉睡。

The Little Girl Found

All the night in woe
Lyca's parents go
Over valleys deep,
While the deserts weep.

Tired and woe – begone[1],
Hoarse[2] with making moan,
Arm in arm seven days
They trac'd the desert ways.

Seven nights they sleep
Among shadows deep,
And dream they see their child
Starv'd in desert wild.

Pale, thro' pathless ways
The fancied image strays[3]
Famish'd[4], weeping, weak,
With hollow piteous shriek.

Rising from unrest[5],
The trembling woman prest[6]
With feet of weary woe:
She could no further go.

In his arms he bore
Her, arm'd with sorrow sore[7];
Till before their way
A couching[8] lion lay.

Turning back was vain:
Soon his heavy mane
Bore[9] them to the ground.
Then he stalk'd around.

Smelling to his prey;
But their fears allay[10]
When he licks their hands,
And silent by them stands.

They look upon his eyes
Fill'd with deep surprise;
And wondering behold

A spirit arm'd in gold.

On his head a crown;
On his shoulders down
Flow'd his golden hair.
Gone was all their care.

'Follow me,' he said,
'Weep not for the maid;
In my palace deep
Lyca lies asleep.'

Then they followed
Where the vision led,
And saw their sleeping child
Among tigers wild.

To this day they dwell
In a lonely dell[11];
Nor fear the wolfish howl
Nor the lions' growl.

【注释】

1. woe-begone：忧愁的，愁眉苦脸的。

2. hoarse：嗓音粗哑的，嗓子嘶哑的。

3. stray：迷路，走失，流浪。

4. famish：挨饿。

5. unrest：不安，不平静，动荡，不安定。

6. prest：(古) press 的过去式，奋力前进。
7. sore：疼痛的。
8. couch：躺卧，埋伏。
9. bore：bear 的过去式，用力推或挤压。
10. allay：减轻，缓和，
11. dell：小谷，幽谷。

【译文】

小女孩找到了

整个晚上在痛苦中
莉卡的父母奔走
穿过幽深的谷地，
荒野都在哭泣。

忧愁、疲乏，
嗓子哭哑，
手挽着手，七个白日
他们在荒野寻踪觅迹。

七个夜晚他们睡在
浓郁的阴影里。
梦见他们的孩子
在荒野里挨饿忍饥。

在无人迹之地

那苍白的幻影迷失
饥饿，虚弱，悲泣，
叫声空洞、凄厉。

在不安中起身，
颤抖的女人勉力前行
双脚疲乏、痛楚：
她已无法挪动一步。

他把她抱在怀里走，
满怀悲伤痛苦；
直到路上碰见
一头蹲踞的狮子。

转身已徒劳：
很快他浓密的鬃毛
将他们压倒在地。
然后他踱来踱去，

嗅着他的猎物；
但是他们减轻了恐惧
当他舔舔他们的手掌，
静静立在一旁。

他们望着他的眼睛
心中无比震惊；
他们惊异地看见
披着金装的魂灵。

他头戴王冠；
一头金发
飘垂在双肩。
他们的忧虑都消散。

"跟我来，"他说，
"别为小姑娘悲哭；
在我的深宫里
莉卡正躺在睡梦里。"

他们便跟随
幻象的指引，
看见他们的孩子
睡在猛虎中间。

直到今天他们仍居留在
一个僻静的幽谷；
不怕狼嚎
不畏狮吼。

【评析】

原诗每两行押一韵。第6节第1、2行："In his arms he bore/ Her, arm'd with sorrow sore"，接连用了两个"arm"，很巧妙。前一个是名词，意为"胳膊"，后一个是动词，意为"装备、配备"。他怀抱着她，怀抱着痛苦悲伤。第9节第1、2行"They look upon his eyes/ Fill'd with deep surprise"，"Fill'd with deep surprise"形容的应该是"They"（他们），而非"his eyes"（他的眼睛）。

莉卡的父母最显著的特征是忧惧，和女儿的无畏无惧形成鲜明对比。他们梦见女儿在荒无人迹的地方走失，饥饿、虚弱，发出凄厉的哭叫。他们在荒野寻找了7日，和《圣经》中上帝创世的时间一致，7天意味着结束和休息。莉卡的父母正是在第7日碰到了拦路的狮子。他们对狮子的第一感觉是惧怕。狮子起初的动作也和一般的狮子无异：将他们压倒在地、踱来踱去嗅着猎物。但接下来狮子表现异样："舔舔他们的手掌，／静静立在一旁。"当他们凝神望着他的眼睛的时候，惊异地发现了狮子的本相：一个头戴王冠、身披金装的魂灵。这其实是狮子的精神本质。莉卡的父母在梦中见到的是假象，莉卡的境况根本不是那样；他们看到狮子可怕的外表也是假象，只有这一次，当他们在生死关头用心灵观看的时候，他们看到了真相。

在本诗结尾，诗人告诉我们："直到今天他们仍居留在／一个僻静的幽谷；／不怕狼嚎／不畏狮吼。"小姑娘在荒野迷失。诗中所描述的荒野，并不是万物不生的地方，只是没有人迹。在那里，盛夏永不消逝，常见狮子、老虎、狼等野兽，它们与人和睦相处，人不再有忧惧。"在明朗的荒野"，《小姑娘迷路了》原文用了"bright"（明亮的）一词形容荒野的夜色，可见那是一个充满光明的地方。

《小姑娘迷路了》和《小姑娘找到了》两首诗原来放在《天真之歌》里，后来布莱克将它们移进《经验之歌》，之后就没再移动。这是唯一变动位置的两首诗。

The Clod[1] and the Pebble[2]

'Love seeketh not itself to please,

Nor for itself hath any care,

But for another gives its ease,

And builds a Heaven in Hell's despair.'

So sung a little Clod of Clay[3],

Trodden[4] with the cattle's feet,

But a Pebble of the brook[5]
Warbled[6] out these metres[7] meet[8]:

'Love seeketh only Self to please,
To bind another to its delight,
Joys in another's loss of ease,
And builds a Hell in Heaven's despite.'[9]

【注释】

1. clod：土块。

2. pebble：卵石。

3. clay：泥土，黏土。

4. trodden：tread 的过去分词，踩，踏。

5. brook：小溪，小河。

6. warble：鸟鸣，用柔和的声音唱。

7. metre：格律，韵律。

8. meet：适当的，适合的。

9. despite：憎恨，怨恨；轻蔑的拒绝或不承认。

【译文】

泥块与卵石

"爱不谋求自身惬意，
也不把自身放在心上，
却为了他人献出安逸，
在绝望的地狱建起天堂。"

受着牛蹄的践踏,
一个小泥块这样唱着,
但溪中的卵石
也婉转唱出适合的歌:

"爱只谋求自身惬意,
并迫使别人一同快活,
别人失去安逸它欢喜,
偏在天堂建地狱一座。"

【评析】

原诗基本用交叉韵,偶数行与偶数行、奇数行与奇数行押韵。

此诗可一分为二,上、下两半完全对称,泥块占6行,卵石占6行。在内容上,第1节和最后一节表达的意义正好相反。卑微的泥块被人践踏着,受着苦,处于最底层,它称之为"爱",在它看来,"爱"意味着牺牲、顺从、忍耐。泥块身受地狱之苦却称之为天堂,可见天堂只是自欺的幻影。卵石的观点恰恰与之相反,它认为爱是自私的,因为这种爱对他人是一种胁迫,是把自己的欢乐建立在他人的痛苦之上,所以相当于建起一座地狱。两种"爱"显然都远非完美。泥块与卵石虽然观点对立,但他们实际上是互相依存的关系。泥块需要为卵石这样的人做出牺牲,卵石需要泥块的顺从。也许"爱"正是这两种极端的结合,也许我们每个人内心都存在这两种爱:在天堂中有地狱,在地狱中有天堂。

The Little Vagabond[1]

Dear mother, dear mother, the Church is cold,
But the Ale – house[2] is healthy and pleasant and warm;
Besides I can tell where I am used well,

Such usage in Heaven will never do well.

But if at the Church they would give us some ale,
And a pleasant fire our souls to regale[3],
We'd sing and we'd pray all the livelong[4] day,
Nor ever once wish from the Church to stray.

Then the Parson[5] might preach, and drink, and sing,
And we'd be as happy as birds in the spring;
And modest Dame[6] Lurch[7], who is always at church,
Would not have bandy[8] children, nor fasting[9], nor birch[10].

And God, like a father rejoicing to see
His children as pleasant and happy as He,
Would have no more quarrel with the Devil or the barrel[11],
But kiss him, and give him both drink and apparel[12].

【注释】

1. vagabond: 流浪者。
2. ale-house: 出售麦酒（比普通啤酒要烈，色深）的酒馆; ale: 浓啤酒, （英国产）麦芽酒。
3. regale: 宴请, 款待; 使喜悦。
4. livelong: 漫长的, 整个的。
5. parson: （基督教）教区长; 牧师, 神职人员。
6. dame: 夫人, 女士。
7. lurch: 隐藏, 埋伏; 蹒跚, 颠簸而行。
8. bandy: 双膝向外弯曲的。
9. fasting: 禁食, 斋戒。

10. birch：桦树，桦木，（鞭打用的）桦树条。
11. barrel：圆桶，木桶。
12. apparel：衣服，服装。

【译文】

小流浪者

我的妈呀，我的妈呀，教堂真冷，
但酒馆暖和，令人愉快又健康；
而且我知道在哪儿待着舒服，
那种舒服天堂里绝不会有。

但在教堂他们若能给我们点儿麦酒，
再给一盆温馨的火让我们灵魂欢悦
我就整天唱歌、祷告，
再不起从教堂跑出去流浪的念头。

然后牧师就可以讲道，喝酒，唱歌，
我们就会像春天的小鸟那般快乐；
庄重的暗监夫人，她总在教堂，
就不会让罗圈腿的孩子挨饿挨打。

上帝，像父亲，就会欣喜地看到
他的孩子和他一样舒适、快活，
他就再不会与魔鬼或酒鬼争吵，
而会亲吻他，给他酒和衣裳。

【评析】

除了第 1、2 行末尾 "cold" 和 "warm" 形成鲜明对照之外，这首诗每两行押一韵。第 3 节第 3、4 行张炽恒的译文特别准确："庄重的暗监夫人——她常在教堂，/就不会让罗圈腿的孩子挨打挨饿。"最后一节第 3 行杨苡译得精彩："也不会再跟魔鬼或酒鬼争吵个没完。"

这首诗充满讽刺意味。像安徒生童话《皇帝的新装》中的孩子，天真的小流浪者指出教堂和宗教的虚伪、无情。教堂与酒馆，温暖与冰冷，灵魂及肉体的自然需求与宗教的束缚、欺骗形成对比。孩子的结论是：温暖的酒馆胜于无情的教堂和虚假的天堂，酒馆老板比牧师和上帝更可亲。

此诗的讽刺力量和真实性在于童言无忌。

Holy Thursday

Is this a holy thing to see
In a rich and fruitful land,
Babes reduc'd[1] to misery,
Fed with cold and usurous[2] hand?

Is that trembling cry a song?
Can it be a song of joy?
And so many children poor?
It is a land of poverty!

And their sun does never shine,
And their fields are bleak[3] and bare,
And their ways are fill'd with thorns:
It is eternal winter there.

For where'er the sun does shine,
And where'er the rain does fall,
Babe can never hunger there,
Nor poverty the mind appall[4].

【注释】

1. reduce：促成或达到某种情况，使变为。
2. usurous：高利贷的，放高利贷的。
3. bleak：荒凉的，阴暗的。
4. appall：使惊骇，使恐惧。

【译文】

升天节

这难道是神圣的事情：
在富足、肥沃的土地上，
目睹婴儿遭受不幸，
被冰冷的放债的手喂养？

那颤抖的哭声算是歌？
是欢乐的歌曲？
那么多穷孩子！
这是一片贫瘠的土地！

他们的太阳永不闪耀
他们的大地萧瑟荒凉，

他们的路途布满荆棘:
那里永远是冬天。

因为太阳照耀的地方,
雨露滋润的地方,
婴孩绝不会挨饿,
贫穷也不会让心灵惊恐。

【评析】

原诗偶数行押韵。

升天节是基督教的节日,处于复活节和圣灵降临节之间。年年此日伦敦城中教会所办的慈善学校的孩子们会集体前往教堂礼拜谢恩,并享受一顿慈善晚宴。布莱克并不认为慈善是好事:"被冰冷的放债的手喂养。"富人的钱来路不正,慈善也并不能从根本上解决问题。诗人追问的是孩子们贫困的社会根源。"他们的太阳永不闪耀/他们的大地萧瑟荒凉,/他们的路途布满荆棘:/那里永远是冬天。"诗人用夸张的笔调描写了自然世界,这既是孩子们的物质生活现状,也是他们心灵世界的写照。

诗人用一连串的问句和感叹句表达愤慨之情。

A Poison Tree

I was angry with my friend:
I told my wrath, my wrath did end.
I was angry with my foe:
I told it not, my wrath did grow.

And I water'd it in fears,
Night and morning with my tears;
And I sunnèd it with smiles,

And with soft deceitful[1] wiles[2].

And it grew both day and night,
Till it bore an apple bright;
And my foe beheld it shine,
And he knew that it was mine.

And into my garden stole
When the night had veil'd the pole[3]:
In the morning glad I see
My foe outstretch'd beneath the tree.

【注释】

1. deceitful: 不诚实的，虚假的。
2. wile: 诡计，奸计，骗人的把戏。
3. pole: celestial pole 天极。

【译文】

一棵毒树

我生朋友的气：
我说出来，愤怒终止。
我生仇敌的气：
我不说，愤怒滋长。

我怀着恐惧，

早晚用泪水浇灌它；
我用虚假的微笑，
用诡计当太阳给它晒。

它日夜生长，
结出一个苹果发着光；
我的仇敌看见它闪烁，
他知道那是我的果。

他偷进我的果园
趁黑夜遮蔽了天空：
早晨我高兴地看到
我的仇敌在树下躺倒。

【评析】

原诗每两行押一韵。第 4 节第 2 行中的"pole"，意为"天极"或"竿子"，所以出现两种译文："天空"（屠岸、杨苡、卞之琳的译文分别是："等黑夜遮蔽了苍天"，"当夜幕将天空遮蔽"，"等到黑夜掩盖了天空"）和"树身"（张炽恒的译文："当夜色将树身遮掩"）。我认为"天空"更好。

这首诗文字简单、易懂，但极具象征意义，抽象概念与具体意象完美地结合在一起。埋藏在人心底的愤怒，总有一天要爆发，长成一棵"毒树"，结出毒果。"他"明明知道那是"我"辛苦培育的果实却来偷食，存心要惹人愤怒，结果付出生命的代价。"他"固然有错，但惩罚过于严厉。"我"因为愤怒，日夜流泪，很不幸："早晚用泪水浇灌它"，但我培育出毒果诱惑他人来食，看到别人中毒身亡却很高兴，"我"很残酷。"我"的眼泪纵然让人同情，但"我"的微笑则令人胆战。

苹果、果园、偷吃、惩罚，这与《圣经》中人类偷吃禁果很相似。那么叙述者"我"相当于上帝，"他"则类似人类。这首诗似乎在说，上帝对人类早就心存愤怒，也许出于嫉妒，也许出于世世代代控制人类的愿望，故意用颜色亮丽的苹果诱惑他们，蓄意给人类惩罚。

在手稿中，布莱克在第 1 节下面画了一条横线，说明这首诗他原打算只写一节。

The Angel

I dreamt a dream! What can it mean?
And that I was a maiden[1] Queen,
Guarded by an Angel mild；
Witless[2] woe was ne'er beguil'd[3]!

And I wept both night and day,
And he wip'd my tears away,
And I wept both day and night
And hid from him my heart's delight.

So he took his wings and fled；
Then the morn blush'd[4] rosy red；
I dried my tears, and arm'd my fears
With ten thousand shields[5] and spears.

Soon my Angel came again：
I was arm'd, he came in vain；
For the time of youth was fled,
And grey hairs were on my head.

【注释】

1. maiden：少女的，未婚的。

2. witless：缺乏思维能力的，无才智的，愚笨的。
3. beguile：欺骗；使（时间等）过得愉快，消遣。
4. blush：脸红，使变红。
5. shield：盾牌。

【译文】

天使

它意味着什么？我做了个梦！
梦见我是女王，保有童贞，
一个温柔的天使将我守候；
却无法排遣愚蠢的烦恼！

我整日整夜哭泣，
他把我的泪水擦去，
我整夜整日哭泣，
向他掩饰我心中的欢喜。

结果他展开翅膀逃得无影踪；
清晨露出娇羞的玫瑰红；
我擦干眼泪，开始武装
用一万个盾和矛抵挡我的恐慌。

不久又来了，我那天使：
我全副武装，他来亦无益；
因为青春时光已逃走，

灰白的头发披上我额头。

【评析】

原诗每两行押一韵。

这是典型的布莱克式的诗歌，文字简单明了，但初读之后，即感觉蕴含很深刻的象征意义，不得不再读几遍，仔细研究每个词，寻找文字背后的意义。

这首诗中最值得注意的词是"梦"和"天使"。梦常常反映人的潜意识，反映人们在现实生活中被压制的欲望。在这首诗中，被压制的欲望是爱欲，"天使"即这种被压抑的爱欲的象征。叙述者"我"在梦中是女王，也是童贞女，有着正常的生理需求，但自己并不承认，视其为"愚蠢的烦恼"。这种"烦恼"徘徊不去，"我"很不开心，日日夜夜哭泣，极力压制自己的欲望："向他掩饰我心中的欢喜。"在此阶段，"我"虽然极力否认与掩饰，但仍有与异性交往的幻想，但欲望最终被压制下去："结果他展开翅膀逃得无影踪。"之后，这种对欲望的压制成了下意识的习惯，"我"时刻全副武装与欲望作战，即便欲望再次出现的时候，"他"对"我"已经无可奈何："他来亦无益。"就这样，"我"浪费掉青春，浪费掉一生的幸福："因为青春时光已逃走，/灰白的头发披上我额头。"

这首诗批判的是对人的正常欲求的遏制，这种遏制无异于将天使赶跑。究竟是什么能让人压制欲望，一次次地违背自己内心的真正需求以致荒废生命？是谁教导"我"说那只是"愚蠢的烦恼"？诗人并未告诉我们。"它意味着什么？我做了个梦！"叙述者"我"至今未能醒悟。

The Sick Rose

O Rose, thou art sick!
The invisible worm,
That flies in the night,
In the howling[1] storm,

Has found out thy bed
Of crimson² joy;
And his dark secret love
Does thy life destroy.

【注释】

1. howl：哀号，怒吼。
2. crimson：深红色，绯红色。

【译文】

病玫瑰

玫瑰啊，你病了！
这无形的飞虫，
在夜里飞来，
在吼叫的暴风雨中，

找到了你那
深红色的欢乐之床；
他阴暗而隐秘的爱
毁了你的生命。

【评析】

原诗偶数行押韵。短短的一首诗，韵味无穷，在西方诗歌中罕见。
这是布莱克最著名的诗歌之一。"美"被"邪恶"毁了，这首诗的主题当然可以这样理解，但这种解释过于简单、笼统。

飞虫代表邪恶，是致病之源，但玫瑰本身有没有责任呢？玫瑰之所以生病，是因为诗中的性爱"阴暗""隐秘"，而非纯洁、自然、坦白。玫瑰很被动，又很麻木，因为她似乎并不知道自己生病了，需要别人告诉她："玫瑰啊，你病了！"她没看到飞虫，飞虫对她来说是"无形的"、不可见的。她在被动接受"阴暗而隐秘的爱"的时候，也许她曾主动放弃了自然的性爱，她一直隐藏自己"深红色的欢乐之床"，在压抑自己的欲求，在她的心里兴许也有一只看不见的虫子：她心理出了问题。

任何一种单一的解释都不能令人满意。

To Tirzah

Whate'er is born of mortal[1] birth
Must be consumèd[2] with the earth,
To rise from generation[3] free:
Then what have I to do with thee?

The sexes sprung from shame and pride,
Blow'd[4] in the morn; in evening died;
But Mercy chang'd death into sleep;
The sexes rose to work and weep.

Thou, Mother of my mortal part,
With cruelty didst mould[5] my heart,
And with false self–deceiving tears
Didst bind my nostrils[6], eyes, and ears;

Didst close my tongue in senseless clay,
And me to mortal life betray:

The death of Jesus set me free:
Then what have I to do with thee?

【注释】

1. mortal: 必死的，不能永生的；凡人的，人的。
2. consume: 耗尽，毁灭。
3. generation: 衍生，生殖。
4. blow: 喘气。
5. mould: 用模子做；形成，陶冶。
6. nostril: 鼻孔。

【译文】

致得撒

生而必死之物
定将归于泥土，
既然要摆脱必死之生：
那么我与你有什么相干？

男人女人均源于羞愧和骄傲，
早晨还在呼吸；夜晚就死掉；
但仁慈将死亡变成睡眠；
男人女人起来劳作，泪流涟涟。

你，我必死之生的母亲，
用残忍铸造我的心，

用虚假自欺的泪流涟涟
蒙蔽我的鼻耳和眼；

把我的舌头用无知的泥土封上，
把我出卖给必死的生命：
既然耶稣的死使我脱离苦难：
那么我与你有什么相干？

【评析】

原诗每两行押一韵。

诗中反复重复的一句话"那么我与你有什么相干？"出自《圣经》第三日，在加利利的迦拿有娶亲的筵席，耶稣的母亲在那里。耶稣和他的门徒也被请去赴席。酒用尽了，耶稣的母亲对他说："他们没有酒了。"耶稣说："母亲（原文作"妇人"），我与你有什么相干？我的时候还没有到。"（约翰福音，2：1~4）

显然，在这首诗里，"Tirzah"（得撒）指的是给予"我"肉体生命的母亲。两次反问，表明"我"对短暂的肉体生命的不屑与拒绝。在《圣经》中，"Tirzah"是城市名，首次出现在《约书亚记》里（12：24）："The king of Tirzah, one: all the kings thirty and one."（一个是得撒王。共计三十一个王。）所罗门王也提到过这个美丽的城市："You are beautiful, my darling, as Tirzah, /lovely as Jerusalem""我的佳偶啊，你美丽如得撒，/秀美如耶路撒冷"（《雅歌》6：4）。所罗门王死后，其国土分裂成两个王国，以色列和犹大，以色列首都是Tirzah，犹大的首都是耶路撒冷。如果耶路撒冷象征人类不朽的精神之母，在布莱克诗歌里，得撒就象征人类必朽的肉体的母亲。

"男人女人均源于羞愧和骄傲"，这说的是人类的堕落。在亚当和夏娃偷吃禁果之前，他们并未意识到有性别之分，也没有羞耻心，但偷吃禁果后，"他们二人的眼睛就明亮了，才知道自己是赤身露体，便拿无花果树的叶子，为自己编作裙子"。（《创世纪》3：7）亚当和夏娃违背上帝的命令，这可以视为一种骄傲自负，从此他们被赶出伊甸园，开始了有生有死的生活，终日劳作："早晨还在呼吸；夜晚就死掉……/男人女人起来劳作，泪流涟涟。"

"用残忍铸造我的心。"为了生存，人往往非常残忍。残忍是贮藏在肉体生命中的恶行。"用虚假自欺的泪流涟涟/蒙蔽我的鼻耳和眼；//把我的舌头用无知的泥土封上"，肉体生命是一种假象，是暂时的，在这种假象里，人们的感官被蒙蔽，看不到永恒的精神世界。上帝的"仁慈"将"死亡变成睡眠"。在"既然耶稣的死使我脱离苦难"一行旁边，布莱克自己加注说："这是一个灵魂的复活。"①在布莱克为此诗所做的插图中，一个年长者的袍子上刻着："所种的是血气的身体，复活的是灵性的身体。"（《哥林多前书》，15：44）

1795年后，布莱克沉寂了很久，精神上经历了巨大的波动，直到1805年发表了《致得撒》一诗。

The Voice of the Ancient Bard

Youth of delight, come hither[1],

And see the opening morn,

Image of truth new-born.

Doubt is fled, and clouds of reason,

Dark disputes[2] and artful[3] teasing[4].

Folly[5] is an endless maze[6],

Tangled roots perplex her ways.

How many have fallen there!

They stumble[7] all night over bones of the dead,

And feel they know not what but care,

And wish to lead others, when they should be led.

---

① 转引自威廉·布莱克著、张炽恒译：《布莱克诗集》，上海三联书店1999年版，第82页。

【注释】

1. hither：（古）到这里，这儿。
2. dispute：争论，争执。
3. artful：狡猾的，狡诈的；巧妙的。
4. tease：取笑，戏弄。
5. folly：蠢笨，愚行。
6. maze：迷宫，迷惑。
7. stumble：跌跌撞撞地走，绊倒。

【译文】

古吟游诗人的声音

快乐的年轻人，到这儿来，
看那黎明正在呈现，
是初生的真理的形象。
怀疑逃走，以及理性的乌云，
愚昧的争论还有狡诈的揶揄。
愚蠢是没有尽头的迷宫，
纠缠的树根使她的道路错综。
多少人在那里摔倒！
他们整夜在尸骸间跌跌撞撞行进，
还觉得他们想知道的全知道，
自己需要人带路，却想给别人指引。

【评析】

原诗除第1行外，每两行押一韵。

古吟游诗人所描述的"初生的真理的形象"并不清晰,除了告诉我们那里没有理性的乌云、愚昧的争论和狡诈的揶揄,我们不知道有什么,诗人并没具体描绘。诗人批评的是愚蠢,还有传统。"他们整夜在尸骸间跌跌撞撞行进",尸骸代表先人,暗示人们墨守愚昧的传统。诗人召唤年轻人过来听他讲述,他把希望寄托在年轻人身上。

此诗发表于1789年,古吟游诗人热情洋溢赞颂的,是即将到来的黎明。有批评者认为,布莱克因法国大革命感到振奋,从而写下这首诗。

Pretty Rose – Tree

A flower was offer'd to me,
Such a flower as May never bore;
But I said 'I've a pretty Rose – tree,'
And I passèd the sweet flower o'er[1].

Then I went to my pretty Rose – tree,
To tend her by day and by night,
But my Rose turn'd away with jealousy[2],
And her thorns[3] were my only delight.

【注释】

1. pass over: 置之不理,忽视。

2. jealousy: 嫉妒,猜忌,吃醋。

3. thorn: 刺,有刺的植物。

【译文】

我可爱的玫瑰树

一朵花呈献在我面前，
这样的花五月不曾有；
但我说："我已有可爱的玫瑰。"
不去理睬这芬芳的花朵。

然后我走向可爱的玫瑰树，
照料她，日日夜夜，
可我的玫瑰因嫉妒转过脸去，
她的刺成了我唯一的欢悦。

【评析】

原诗偶数行与奇数行分别押韵。

这首诗有很强的自传色彩，有材料证明，布莱克和妻子凯瑟琳确实发生了口角。诗中叙述的故事情节很简单，有人向我示爱，但我忠于婚姻，拒绝了非法的爱情。可是跟爱人坦白讲起这件事时，她因猜忌、吃醋而不理睬我。叙述者心情苦涩，懊恼，但这种情形常在夫妇或恋人之间发生，读者会觉得有喜剧色彩。

格莱克纳（Gleckner）认为，这首诗含有双重讽刺：女人（玫瑰树）不理智；叙述者"我"被传统的婚姻观束缚，得到的只有玫瑰刺。[1]

---

[1] E. D. Hirsch, Innocence and Experience: An Introduction to Blake, Chicago: University of Chicago Press, 1975, p. 254.

Ah! Sun – Flower

Ah, Sun – flower! weary of time,
Who countest the steps of the sun;
Seeking after that sweet golden clime,
Where the traveller's journey is done;

Where the Youth pined[1] away with desire,
And the pale Virgin shrouded[2] in snow,
Arise from their graves, and aspire[3]
Where my Sun – flower wishes to go.

【注释】

1. pine: 消瘦，衰弱，憔悴。
2. shroud: 覆盖，遮蔽，用裹尸布包。
3. aspire: 渴望，向往。

【译文】

啊！向日葵

啊，向日葵！你厌倦了时日，
它计数着太阳的脚步；
你寻觅怡人的金色土地，
旅人的行程在那里结束；

在那里因情欲而憔悴的青年，
和被白雪覆盖的苍白的处女，

都从坟墓中站起,向往

我的向日葵想去的乐土。

【评析】

原诗偶数行与奇数行分别押韵。

第1节第2行"Who countest the steps of the sun"(计数太阳的脚步),杨苡认为这是"time"的行为("啊向日葵!你厌倦了时光/它计数着太阳的脚步;/你寻找那美好的宝贵的地方"),因为这一句前面的词是"time",我与她的看法相同(张炽恒则认为这是太阳花的行为:"太阳花啊!厌倦了时间,/竟然数点起太阳的脚步,/寻找那美妙的金色所在")。向日葵之所以"寻觅怡人的金色土地",就是因为"厌倦了时日",厌倦了现世的生活,这与年轻人的情形一样,他们也厌倦了时间,因为他们的自然欲求得不到满足:少女们都被白雪覆盖,她们的欲望被冰封。小伙儿和姑娘都向往金色的、充满阳光的乐土,在那里他们的灵魂复活,可以自由地生活,摆脱掉短暂的尘世,寻找到永生的乐园。

这首诗中难以理解的是地点,向日葵憧憬的乐土究竟在哪里?从第2节看,好像在埋葬青年男女的墓地,即指肉体死亡、精神复活的地方,因为第5行和第4行中的"where"都修饰"怡人的金色土地"。但是"都从坟墓中站起,向往/我的向日葵想去的乐土"中的"向往"一词又表明,他们还没到达那个地方。

在这首诗里,向日葵象征着对自由、幸福生活的热望。"我的向日葵"似乎说明,向日葵的意志代表"我"的想法。

The Lily[1]

The modest Rose puts forth a thorn,
The humble Sheep a threat'ning horn[2];
While the Lily white shall in love delight,
Nor a thorn, nor a threat, stain[3] her beauty bright.

【注释】

1. lily：百合花。
2. horn：角，触角。
3. stain：弄脏，污染。

【译文】

百合花

腼腆的玫瑰露出刺尖，
温顺的绵羊挺着唬人的角；
而白百合沉浸于爱的喜悦，
没有刺和角玷污她的娇艳。

【评析】

诗非常短，每两行押一韵。

一首讽刺诗。玫瑰花和绵羊看似腼腆、温顺，实则有伤人的尖刺和吓人的犄角，他们对爱情摆出一副拒绝的姿态，也许并不是因为不想要，而是出于虚伪，所以他们实际上已被矫揉造作和虚伪玷污。百合花陶醉于爱情，自然、大方的性爱使她纯洁无瑕。腼腆的玫瑰和温顺的绵羊在拒绝他人时摆出傲慢的姿态，而顺应自然规律的百合花才真正具有温柔的品质。

第3行用了"shall"一词，意思是"将要"，很特别。赫希（E. D. Hirsch）认为此处诗人暗示了《圣经》（诗篇，第一篇：1~3）中的话：[①]

[①] E. D. Hirsch, JR., Innocence and Experience: An Introduction to Blake, Chicago: University of Chicago Press, 1975, p. 257~258.

不从恶人的计谋,

不站罪人的道路,

不坐亵慢人的座位。

唯喜爱耶和华的律法,

昼夜思想,

这人便为有福。

他要像一棵树栽在溪水旁,

按时候结果子,

叶子也不枯干。

凡他所做的尽都顺利。

"他要像一棵树栽在溪水旁,/按时候结果子,/叶子也不枯干。/凡他所做的尽都顺利。"意思是说,人们要顺应自然规律。赫希引用的这段话也许并不是布莱克的本意,但"While the Lily white shall in love delight"确实是《圣经》中常用的句式。也许布莱克是想说,爱情与性爱是神圣的。

《我可爱的玫瑰树》《啊!向日葵》和《百合花》三首诗是一组诗,代表了三种情爱状态:爱人吃醋、猜忌,忠于婚姻的结果是两人争吵;向往自由的爱情;享受自然、纯洁的性爱。

The Garden of Love

I went to the Garden of Love,

And saw what I never had seen:

A Chapel[1] was built in the midst,

Where I used to play on the green.

And the gates of this Chapel were shut,

And 'Thou shalt not' writ[2] over the door;

So I turn'd to the Garden of Love

That so many sweet flowers bore;

And I saw it was fillèd with graves,
And tomb – stones[3] where flowers should be;
And priests in black gowns were walking their rounds,
And binding with briars[4] my joys and desires.

【注释】

1. chapel：小教堂。
2. writ：write 的过去式和过去分词。
3. tomb – stone：墓碑，墓石。
4. briar：荆棘（尤指野蔷薇）。

【译文】

爱的花园

我曾去爱的花园，
看到从未见过的景象：
一个小教堂立在花园中央，
过去那是片绿地，我常游玩其上。

教堂门扉紧闭，
门上写着"你不可"；
于是我转身去爱的花园
那里曾开满芬芳的花朵；

可是我看到坟墓满园，

本该开花的地方却竖起石碑；

黑袍教士们四处巡视，

用荆棘捆束我的欢欣和欲望。

【评析】

前两节偶数行押韵，最后一节无韵，显示出叙述者心情压抑、绝望。

这首诗意思不难理解，"爱的花园"是我过去常常玩耍的地方，有我童年和青春的欢乐，可如今教堂侵占了原来的绿地，满园的坟墓代替了原来芬芳的花朵。自然的绿色和五彩缤纷被教士的黑袍子代替。第 11 行 "And priests in black gowns were walking their rounds"（黑袍教士们四处巡视）明显比别的诗行长，叙述者的心情由惊愕变成绝望。"爱的花园"象征自然、纯真的感情和欲望，"荆棘"象征宗教教条。第 6 行 "Thou shalt not" 用的是《圣经》"摩西十诫"中的句型。

诗人反对的是对自然、纯真的欲望的人为压制和束缚，这无异于欢乐被死亡代替。马什（Nicholas Marsh）说，布莱克主张自然发展的两情相悦，而非贞洁、羞耻感和婚姻等带来的教条。当然，这并不是说布莱克主张性放纵。①

其实这首诗写的不仅是爱情，它写的是人类普遍存在的一种悲哀的状态：人的纯真的本能被社会上各种条条框框压制、束缚。

A Little Boy Lost

'Nought[1] loves another as itself,

Nor venerates[2] another so,

Nor is it possible to Thought

A greater than itself to know:

---

① Nicholas Marsh, William Blake: The Poems, New York: Palgrave, 2001, p. 162~165.

'And, Father, how can I love you
Or any of my brothers more
I love you like the little bird
That picks up crumbs[3] around the door.'

The Priest sat by and heard the child,
In trembling zeal[4] he seiz'd his hair:
He led him by his little coat,
And all admir'd the priestly[5] care.

And standing on the altar high,
'Lo![6] what a fiend is here,' said he,
'One who sets reason up for judge
Of our most holy Mystery.'

The weeping child could not be heard,
The weeping parents wept in vain;
They stripp'd[7] him to his little shirt,
And bound him in an iron chain;

And burn'd him in a holy place,
Where many had been burn'd before:
The weeping parents wept in vain.
Are such things done on Albion's[8] shore?

【注释】

1. nough: 零，无。
2. venerate: 崇敬，尊敬。

3. crumb：碎屑，面包屑。
4. zeal：热情，热忱。
5. priestly：教士的，牧师的。
6. lo：（古）看，瞧。
7. strip：剥去，剥光。
8. Albion：英格兰的旧称。

【译文】

迷途的小男孩

"没有事物爱另一物像爱它自己，
也无物尊敬另一物像尊敬它自己，
一个思想也不可能理解
另一个比它自身更伟大的思想：

"那么，天父，我怎能爱您
或者我的任何一个兄弟多一些？
我爱您如那只小鸟
在门前啄食面包屑。"

神父坐在一旁听到孩子的话，
激动得直抖，抓住他的头发：
他拉着孩子的小衣裳带他走，
所有人都钦佩神父的警惕。

站在高高的祭坛上，

"看啊！这是什么样的恶魔，"他说，
"竟敢为我们最神圣、神秘的审判者
订立法则。"

孩子的哭声没人听见，
哭泣的双亲徒然哭泣；
他们剥去他的衣服，只剩一件小衬衣，
并用铁链将他绑起；

然后在一个神圣的地方把他烧死，
从前许多人都在那里受过火刑：
哭泣的双亲徒然哭泣。
英格兰海岸是否也发生这种事情？

【评析】

原诗偶数行押韵。此诗写成后很久，诗人才加上标题。小男孩没有迷失在荒野，而是在宗教信仰上"迷途"：他诚实地表达出自己的想法，与众不同，所以不为宗教执法者所容，被处以火刑。神父的行为验证了孩子的话：他不能像爱自己一样爱孩子，也不能像尊重自己一样尊重孩子，更不能理解孩子的想法，虽然孩子的思想比他高明多了。

"没有事物爱另一物像爱它自己，/也无物尊敬另一物像尊敬它自己"，这是事物的本能、本性。每个人最爱的是自己，每个人都追求自我价值的实现。一个人如果连自己都不爱，我们不能期望他爱别人。如果他宣称爱别人胜于爱自己，那只能是一种伪善。"我爱您如那只小鸟/在门前啄食面包屑。"每个人都必须先吃自己的面包，然后留下面包屑给小鸟饱腹。从另外一个角度讲，佛心看人人皆是佛，每个人身上都有佛性、神性，爱自己，尊重自己，就是爱自己身上的佛性、神性。"一个思想也不可能理解/另一个比它自身更伟大的思想"，这与"子非鱼，安知鱼之乐？"同理。小男孩阐明的是一种哲学思想：只有类似的事物才能相互理解。

　　小男孩被烧死在一个神圣的地方，"从前许多人都在那里受过火刑"。小男孩像许多先辈一样，因为说出真相而丧生，他们是殉道者。"所有人都钦佩神父的警惕。""英格兰海岸是否也发生这种事情？"诗人的愤慨化为犀利的讽刺。

Infant Sorrow

My mother groan'd, my father wept,
Into the dangerous world I leapt;
Helpless, naked, piping[1] loud,
Like a fiend[2] hid in a cloud.

Struggling in my father's hands,
Striving[3] against my swaddling – bands[4],
Bound and weary, I thought best
To sulk[5] upon my mother's breast.

【注释】

1. pipe：尖叫，尖声地说或唱。

2. fiend：魔鬼，恶魔。

3. strive：反抗，斗争。

4. swaddling：襁褓。

5. sulk：生气，愠怒。

【译文】

婴儿的悲哀

我母亲呻吟,我父亲哭泣,
我一下跳进这危险的世界里;
赤裸又无助,尖声哭叫,
活像隐匿在云中的小妖。

在父亲手中挣扎,
在襁褓里扭来扭去,
力尽仍被束缚,我想还是
躺在母亲怀里生闷气。

【评析】

原诗每两行押一韵。

"我母亲呻吟,我父亲哭泣",母亲因为生产的痛苦而呻吟,父亲也许因母亲痛苦而哭泣。每个人都被动地来到这个陌生的世界,而这个世界好像并不欢迎他。每一个婴儿都是外来者,对这个世界充满本能的抗拒:哭叫、挣扎。父亲的手与母亲包裹的襁褓对于婴儿都是一种束缚,他首先要对抗的是父母。在挣扎无果的情况下,婴儿只好假装顺从,吮吸母亲的乳汁,以掩盖他的无奈和气愤。

最后一行中的"sulk"(生闷气)与"suck"(吮吸)字形、读音都很相似,诗人似乎在暗示,连吃奶这一再平常不过的事情,都隐含着婴儿的愤怒,可见生而为人并非幸福,而是一种悲哀。想起某部电影里的一句话:"很抱歉把你带到这个世界上。"

The Schoolboy

I love to rise in a summer morn
When the birds sing on every tree;
The distant huntsman winds[1] his horn,
And the skylark[2] sings with me.
O! what sweet company.

But to go to school in a summer morn,
O! it drives all joy away;
Under a cruel eye outworn[3],
The little ones spend the day
In sighing and dismay.

Ah! then at times I drooping[4] sit,
And spend many an anxious hour,
Nor in my book can I take delight,
Nor sit in learning's bower,
Worn thro' with the dreary shower.

How can the bird that is born for joy
Sit in a cage and sing?
How can a child, when fears annoy,
But droop his tender wing,
And forget his youthful spring?

O! father and mother, if buds are nipp'd[5]
And blossoms blown away,
And if the tender plants are stripp'd[6]

Of their joy in the springing day,
By sorrow and care's dismay,

How shall the summer arise in joy,
Or the summer fruits appear?
Or how shall we gather what griefs destroy,
Or bless the mellowing[7] year,
When the blasts of winter appear?

【注释】

1. wind: 吹（号角）。
2. skylark: 云雀。
3. outworn: 疲惫的。
4. droop: 低垂，下垂；颓唐，萎靡。
5. nip: 摘取，剪断。
6. strip: 除去，剥夺。
7. mellow: 成熟，变醇香。

【译文】

男学童

夏日的早晨我高高兴兴起床
当鸟儿在每棵树上开始唱歌；
远处的猎人将号角吹响，
云雀和我一起放歌。
哈！多可爱的伙伴儿。

可是在夏日的早晨去学校，
唉！所有的欢乐被赶跑；
忍受着无情、陈腐的眼光，
孩子们挨过一天
唉声叹气，神情沮丧。

唉！我有时垂头呆坐，
熬过许多心焦的时辰，
我在书本里找不到快乐，
也无法安坐学问的凉亭，
阴郁的风雨使它憔悴。

为快乐而生的鸟儿
怎能坐在笼里歌唱？
担惊受怕的小孩儿，
怎能不垂下柔弱的翅膀，
忘记朝气蓬勃的春天？

父亲母亲啊，如果蓓蕾被掐掉
花朵被吹落，
如果植物幼苗在生发季节
被伤心和忧虑
夺去欢娱，

夏天怎会高兴地露头，
或者夏日的果实又怎会呈现？
我们怎能收获已被悲伤摧毁之物，

又怎能祝福丰美的一年，
当冬天刮起阵阵寒风？

【评析】

原诗每节的韵式为：ababb。第18~20行张炽恒的译文与杨苡的译文大相径庭（他们的译文分别是"孩子怎能一受惊扰就/垂下他娇嫩的翅膀，/忘记了朝气蓬勃的春天？"和"一个孩子当他胆战心惊/又怎能不奉拉他柔弱的翅膀，/并且把他的青春完全遗忘。"），我认为还是杨苡正确。

学堂、书本及教书先生无情、迂腐的目光令小孩子不堪忍受，因为他们在课堂里感受到的只有枯燥、沉闷和恐惧。夏日、小鸟、猎人、唱歌，大自然使孩子们充满快乐和灵感。猎人可以教会他们谋生技能，小鸟教会他们歌唱，显然，诗人主张孩子们在大自然里学习，这样他们才能保持纯真的本能，体验生命的快乐。学堂教育只能起到背离生命的消极作用，就像最后三节诗所表明的那样，它不符合动物、植物和季节的自然规律。

布莱克本人从未在学校里"受过教育"，他憎恶对未成熟心灵的过度干涉，他不希望看到孩子们受到心灵损伤。布莱克曾写道："感谢上帝，我从未被送进学校/去遭受鞭打，学做傻瓜。"[①]

教育，沉重的话题。

London

I wander thro' each charter'd[1] street,
Near where the charter'd Thames does flow,
And mark[2] in every face I meet
Marks of weakness, marks of woe.

---

① E. D. Hirsch, JR., Innocence and Experience: An Introduction to Blake, Chicago: University of Chicago Press, 1975, p. 292.

In every cry of every Man,

In every Infant's cry of fear,

In every voice, in every ban[3],

The mind – forg'd[4] manacles[5] I hear.

How the chimney – sweeper's cry

Every black'ning church appals[6];

And the hapless[7] soldier's sigh

Runs in blood down palace walls.

But most thro' midnight streets I hear

How the youthful harlot's[8] curse

Blasts[9] the new – born infant's tear,

And blights[10] with plagues[11] the marriage hearse[12].

【注释】

1. charter：发给许可证，发给特许执照，给予特权；包租。

2. mark：（动词）注意，留心；下一行中的 mark 为名词，意为记号、痕迹。

3. ban：禁令。

4. forge：打铁等，锻造。

5. manacle：手铐，脚镣。

6. appal：惊吓，使惊骇。

7. hapless：倒霉的，不幸的。

8. harlot：妓女。

9. blast：击毁，摧毁，使枯萎；诅咒。

10. blight：使凋萎，使颓唐；摧残，破坏。

11. plague：瘟疫，灾害。

12. hearse：柩车，灵车。

【译文】

伦敦

我漫步走过一条条被包租的街道，
在被包租的泰晤士河附近，
在遇到的每张脸上我看到
都有虚弱、悲伤的痕迹。

从每个大人的每声哭啼，
从每个婴儿恐惧的哭喊，
在每个声音、每条禁令里，
我听见精神的镣铐叮当作响。

扫烟囱小孩的哭喊
怎样惊骇了染黑的教堂；
不幸的士兵的长叹
化作鲜血流下宫墙。

最不堪的是我在午夜街头听见，
年轻的妓女怎样诅咒着
使得新生婴儿眼泪枯竭，
并用瘟疫摧毁婚姻灵车。

【评析】

原诗偶数行与奇数行分别押韵。第8行有两种译文:"精神的镣铐"(或者"精神之枷锁""心灵的镣铐",意思都一样)及杨苡的"心灵铸成的镣铐"。杨苡的译文是直译,虽然不容易理解,但有一定的意义。"谁的精神铸成的镣铐?"也许统治者把他们自己的意志强加在普通百姓的头上,也许人们自己的心灵里就存在阴影,已经扭曲、变形,自己给自己套上了枷锁。我、张炽恒("我听到精神之枷锁的碰击")、宋雪亭("里面我都听到心灵的镣铐")采用意译,优点是更容易明白,缺点是少了杨苡译文中的丰富含义。

这首诗中的愤怒显而易见。什么都能买卖——街道、泰晤士河、性。社会不公正随处可见。扫烟囱的小孩与教会、不幸的士兵与国王、妓女与婚姻灵车是一一对应的关系。如果教会不许人以虚假的天堂,也不会有扫烟囱的小孩;国王的奢侈生活建立在士兵的痛苦之上;没有无爱、无性的不幸婚姻,就不会有妓女。诗人抨击了社会的方方面面:经济、法律、教会、国王、婚姻,精神的、肉体的。

《伦敦》的精彩与成功很大程度上在于诗中的意象,每个意象都那么具体而鲜明,冲击读者的眼睛和心灵。"染黑的教堂",教堂被孩子扫出的煤灰染黑,被孩子们的死亡染黑,被腐败、虚伪染黑。"鲜血流下宫墙",宫墙上涂着士兵的鲜血,王宫里飘荡着临终士兵的叹息。"婚姻灵车",婚姻成了载着死亡和悲伤的冰冷灵车。

诗人也善于把抽象概念具体化。"我听见精神的镣铐叮当作响。""精神的镣铐"很抽象,但"听见"一词把它变成了具体的东西。

A Little Girl Lost

Children of the future age,
Reading this indignant[1] page,
Know that in a former time,
Love, sweet Love, was thought a crime!

In the Age of Gold,
Free from winter's cold,
Youth and maiden bright
To the holy light,
Naked in the sunny beams delight.

Once a youthful pair,
Fill'd with softest care,
Met in garden bright
Where the holy light
Had just remov'd the curtains of the night.

There, in rising day,
On the grass they play;
Parents were afar,
Strangers came not near,
And the maiden soon forgot her fear.

Tired with kisses sweet,
They agree to meet
When the silent sleep
Waves o'er heaven's deep,
And the weary tired wanderers weep.

To her father white
Came the maiden bright;
But his loving look,

Like the holy book,
All her tender limbs with terror shook.

'Ona! pale and weak!
To thy father speak:
O! the trembling fear.
O! the dismal care,
That shakes the blossoms of my hoary² hair!'

【注释】

1. indignant：愤慨的，愤怒的。
2. hoary：头发灰白的。

【译文】

迷途的小女孩

未来的孩子们，
读到这愤慨的篇章，
便知从前，
爱情，甜蜜的爱情被视为罪孽！

在黄金时代，
没有寒冷的冬天，
活泼的小伙子和姑娘
沐着神圣的日光，
裸身享受光的温馨。

从前有对年轻人,
充满蜜意柔情,
相会在明丽的花园
在那里神圣的日光
刚刚拉起夜的帘帐。

在那儿,日头越升越高,
他们在草地上玩耍;
远远离开父母,
也没有陌生人走近,
姑娘很快就不再担心。

吻够了甜蜜的吻,
他们约定下次再见
此时静静的睡眠
在深远的天空里荡漾,
这对疲倦的漫游者哭起来。

这活泼的姑娘
回到慈爱的父亲身边;
但他关爱的目光,
像圣书一样,
她柔嫩的四肢吓得直打战。

"欧娜!你苍白又疲惫!
快跟你父亲坦白:
啊!这令人发抖的恐惧

啊！这令人悲伤的忧虑，
使我满头灰发根根竖起！"

【评析】

原诗每节的韵式为 aabbb。

第 24 行"To her father white"，我和张炽恒认为"white"修饰的是"father"（父亲），意为"慈爱的、纯洁的"，所以我们分别译成"这活泼的姑娘/回到慈爱的父亲身边"和"善意的父亲跟前，/来了欢快的少女"。杨苡认为"white"修饰的是"the maiden"（姑娘），意为"面色苍白的"，所以她译成："那活泼的少女/脸色发白到了父亲那里。"杨苡的理解和下节诗中的"pale"（苍白的）相吻合。但从语法的角度来看，"white"和"father"离得近，而且我认为诗人是在暗示，父亲的慈爱是有限的，止于当时的社会规范，就连一个慈父也不能容忍女儿享受纯洁、甜美的爱情。而且"white"还有"纯洁"的意思，"纯洁的父亲"具有讽刺意味，按照清规戒律来说，父亲是"纯洁的"，或者说，父亲已经忘了他年轻时的状态。在父亲眼里小姑娘是"迷途的"。"迷途"也可以理解为：姑娘在纯真的爱情和刻板的社会规范之间不知所措，迷途了。

第 1 节诗描绘了一个"黄金时代"："没有寒冷的冬天，/活泼的小伙子和姑娘/沐着神圣的日光，/裸身享受光的温馨。"第 2 节是"黄金时代"的继续，但从第 3 节开始，诗人告诉我们，这个美好的世界只是他的幻想而已，在他的时代根本不可能存在，因为姑娘有着"担心"，回到家看到父亲后吓得浑身发抖。"他关爱的目光，/像圣书一样"，诗人反对宗教及社会道德规范对人的自然本能的束缚，憎恶对自然、纯洁的爱情进行人为的干涉。人们往往打着"关爱"的旗号对别人的生活过度干预。

这首诗确实充满了抗议和愤怒。诗人寄希望于未来会有一个理想的美好世界，在那里人的自然本能不再遭受残酷的压制。

The Chimney – sweeper

A little black thing among the snow,

Crying ''weep! 'weep!' in notes[1] of woe[2]!

'Where are thy father and mother, say?'—

'They are both gone up to the Church to pray.

'Because I was happy upon the heath[3],

And smil'd among the winter's snow,

They clothèd me in the clothes of death,

And taught me to sing the notes of woe.

'And because I am happy and dance and sing,

They think they have done me no injury,

And are gone to praise God and His Priest and King,

Who make up a Heaven of our misery.'

【注释】

1. note: 音调,调子。

2. woe: 悲伤,不幸。

3. heath: 荒野,荒地,石楠荒地。

【译文】

扫烟囱的小孩

雪地里有个黑乎乎的小东西,

"扫烟!扫烟!"喊着凄凉的调子!

"你的爸爸妈妈在哪里,知道吗?"
"他们俩上教堂做祷告去啦。

"因为从前我在野地里很快活,
还在冬天的雪地里笑嘻嘻,
他们就给我穿上这身丧服,
并教我唱这凄凉的调子。

"因为我心情快乐,又跳又唱,
他们就以为对我并没造成损伤,
便去赞美上帝、神父和国王,
他们用我们的痛苦建造天堂。"

【评析】

原诗的韵式为 aabb/cdcd/efef。

卞之琳的译文讽刺意味最浓,最能体现布莱克的语气,但他有个小疏忽,错将原诗看成"双行押一韵"[1]。

这首诗有三个视角:旁观者、扫烟囱的小孩、孩子的父母。在旁观者看来,雪地里浑身乌黑的孩子处境凄惨,完全没有孩子的模样,简直像个小东西或小动物,"雪地里有个黑乎乎的小东西"。旁观者心生怜悯,急于知道孩子遭受苦难的原因,怀疑他是孤儿,可他恰恰不是孤儿。孩子虽有父母,但父母非但不能保护他,还是他悲惨境地的直接促成者。扫烟囱的小孩年纪虽小,但他对一切都看得清清楚楚:他原本在大自然里享受着童年的欢乐,可是正因为他快乐,所以"他们就给我穿上这身丧服,/并教我唱这凄凉的调子"。在父母看来,玩耍是孩子的罪过,是在浪费时间,远没有出去赚钱"有意义",或者说,孩子的用处是拿他们来换钱。父母的看法代表着人剥削

---

[1] 引自《英国诗选》,卞之琳译,湖南人民出版社,1983 年,第 71 页。

人的社会的普遍看法。"他们"兴许也包括上帝,上帝嫉妒孩子的幸福,所以强加给他们悲惨的命运。孩子的父母看到他现在仍然快快乐乐,就以此为借口,认为并没给孩子带来任何伤害,这是一种推卸责任的做法。孩子最后指出统治阶级的残酷和宗教的虚伪无情,正是他们愚弄了像孩子父母这样的普通百姓,他们是孩子苦难生活的真正根源:"他们用我们的痛苦建造天堂。"如果人间没有苦难,又何需天堂?

"因为我心情快乐,又跳又唱",整天钻烟囱扫煤灰,几乎窒息而死,还如此快乐,这是生命的力量。布莱克对一切扼杀、扭曲人的纯真天性的做法都深恶痛绝。

The Human Abstact

Pity would be no more
If we did not make somebody poor;
And Mercy no more could be
If all were as happy as we.

And mutual fear brings peace,
Till the selfish loves increase:
Then Cruelty knits a snare[1],
And spreads his baits[2] with care.

He sits down with holy fears,
And waters the ground with tears;
Then Humility takes its root
Underneath his foot.

Soon spreads the dismal shade
Of Mystery over his head;

And the caterpillar[3] and fly
Feed on the Mystery.

And it bears the fruit of Deceit,
Ruddy[4] and sweet to eat;
And the raven[5] his nest has made
In its thickest shade.

The Gods of the earth and sea
Sought thro' Nature to find this tree;
But their search was all in vain:
There grows one in the Human brain.

【注释】

1. snare：陷阱，罗网。
2. bait：诱饵，圈套。
3. caterpillar：毛虫，蝶、蛾的幼虫。
4. ruddy：红润的，微红的。
5. raven：大乌鸦。

【译文】

人的抽象观念

再不会有同情
如果我们不让人受穷；
也再不会有仁慈

若人们都像我们一样欢喜。

彼此畏惧带来和平,
直到自私的爱滋长:
然后残忍织下罗网,
小心地将诱饵投放。

他坐下来,怀着神圣的敬畏,
给大地浇上他的眼泪;
接着谦卑生根在
他的脚下。

神秘的愁惨的阴影
很快就笼罩在他的头顶;
毛虫和苍蝇
就以神秘为生。

它结出欺诈的果,
红润,吃起来甜甜的;
乌鸦在它最浓的树荫里
搭巢建窠。

大地和海洋的诸神
为找此树遍寻自然;
但他们的搜寻都是一场空:
这棵树长在人的头脑中。

【评析】

原诗每两行押一韵。

在此诗中，人的抽象观念指的是：同情、仁慈、和平、爱、残忍、谦卑、神秘、欺诈。

同情、仁慈、和平、爱是教会所提倡的美德。但诗人指出，比之同情、仁慈，更值得提倡的是消除同情和施加仁慈的对象，即引起这些"美德"的社会根源。诗人还指出，狭隘的、自私的"爱"恰恰是破坏和平、引发残酷的罪魁祸首。残酷播下残酷的种子，生出谦卑的根。残酷的对立面是谦卑。教会让普通百姓以谦卑的态度对社会上的不公平欣然接受，这本身就是一种残酷。谦卑的根生出神秘的枝叶，树荫遮挡住残酷，只能引来乌鸦——死亡。这棵神秘树就是宗教，它遮掩了残酷和不公平。它的果实当然就是愚弄人民的——"欺诈的果"。像所有毒果一样，它颜色红润诱人，味道甜美。

诗人最后指出，宗教就是在人的头脑中构建的抽象观念，它违背人的自然本性：自然界里找不到这样的毒树。

手稿诗选

Poems from "The Rossetti Muanuscript"

Never seek to tell thy Love

Never seek to tell thy love,
Love that never told can be;
For the gentle wind does move
Silently, invisibly[1].

I told my love, I told my love,
I told her all my heart;
Trembling, cold, in ghastly[2] fears,
Ah! she doth depart.

Soon as she was gone from me,
A traveller came by,
Silently, invisibly:
He took her with sigh.

【注释】
1. invisibly: 看不见地，无形地。

2. ghastly：可怕的；死人般的，鬼一样的。

【译文】

决不要试图表白你的爱情

决不要试图表白你的爱情，
爱情不可以被表白；
清风吹拂
默无声迹，突然到来。

我表白了我的爱，我表白了我的爱，
我向她表明心迹；
怀着令人寒战的恐惧，
唉！她竟离去。

她刚从我身边离开，
一个旅人打一旁经过，
默无声迹，突然到来：
叹息一声将她带走。

【评析】

原诗基本上是偶数行与奇数行分别押韵。

布莱克没有给这首诗加标题，有的译者根据自己的理解加上了《爱的秘密》，比如屠岸、黄雨石，很贴切。

这首诗写的是爱情的一种状态，或者女人的一种心理状态：与语言相比，女人也许更喜欢男人拿出实际行动。

Auguries[1] of Innocence

To see a World in a grain of sand,
And a Heaven in a wild flower,
Hold Infinity[2] in the palm of your hand,
And Eternity in an hour.

【注释】

1. augury：预兆；占卜，预言。
2. infinity：无限，无穷。

【译文】

天真的预言

到一粒沙中寻世界，
到一朵野花里找天堂，
在你的掌中把握无限，
刹那间留住永恒。

【评析】

《天真的预言》是首长诗，共132行，这里只译了前四行。

据《佛典》，佛曰："一花一世界，一草一天堂，一叶一如来，一砂一极乐，一方一净土，一笑一尘缘，一念一清静。"

布莱克肯定不知《佛典》，但殊途同归。天地万物，都有其价值。要修炼一双慧眼，一种自在的心境。

我的译文是直译，梁宗岱的译文是意译："一颗沙里看出一个世界，／一朵野花里一座天堂，／把无限放在你的手掌上，／永恒在一刹那里收藏。"无论怎样译，这首诗都韵味无穷，因为诗本身写得太好了。

布莱克为《天真之歌》与《经验之歌》所作插画选

图1：《天真与经验之歌》卷首插图

图2：《小黑孩儿》

图3：《保姆之歌》（天真之歌）

图4：《保姆之歌》（经验之歌）

<<< 布莱克为《天真之歌》与《经验之歌》所作插画选

图 5：《花儿》 　　　　　　图 6：《小男孩迷路了》

图 7：《飞蝇》 　　　　　　图 8：《老虎》 大约作于 1795 年

威廉·布莱克诗歌译评 >>>

图9：《升天节》（经验之歌）1794年

图10：《一棵毒树》

图11：《天使》

图12：《病玫瑰》

<<< 布莱克为《天真之歌》与《经验之歌》所作插画选

图13：《我可爱的玫瑰树》《啊！向日葵》《百合花》　　图14：《爱的花园》

图15：《婴儿的悲哀》　　图16：《男学童》

249

参考文献

卞之琳译：《英国诗选》，湖南人民出版社，1983年。
晨光辑注：《徐志摩译诗集》，湖南人民出版社，1989年。
戴望舒：《戴望舒译诗集》，湖南人民出版社，1983年。
梁宗岱：《梁宗岱译诗集》，湖南人民出版社，1983年。
穆旦：《穆旦译文集4》，人民文学出版社，2005年。
皮特·琼斯：《美国诗人50家》，汤潮译，四川文艺出版社，1989年。
T. S. 艾略特：《艾略特诗学文集》，王恩衷编译，国际文化出版公司，1989年。
屠岸编译：《英国历代诗歌选》（上册），译林出版社，2006年。
W. B. 叶芝：《生命之树：叶芝散文集》，赵春梅，汪世彬译，上海三联书店，1997年。
外国情诗集萃丛编：《你为什么沉默不语》，外国文学出版社，1992年。
外国情诗集萃丛编：《我歌唱带电的肉体》，外国文学出版社，1989年。
威廉·布莱克：《布莱克诗集》，张炽恒译，上海三联书店，1999年。
威廉·布莱克：《天真与经验之歌》，杨苡译，湖南人民出版社，1988年。
威廉·布莱克：《天堂与地狱的婚姻——布莱克诗选》，张德明译，中国文联出版公司，1989年。
威廉·勃特勒·叶芝：《随时间而来的智慧》，王家新编选，东方出版社，1996年。
王佐良：《英国诗史》，译林出版社，1997年。

王佐良主编:《英国诗选》,上海译文出版社,2003年。

袁可嘉主编:《外国名诗选》,中国青年出版社,1997年。

Adams, Hazard, ed. Critical Essays on William Blake. Boston, Mass. : G. K. Hall, 1991.

Blake, William. Selected Poems. London: Penguin Books Ltd. , 1996.

Brooks, Cleanth and Robert Penn Warren. Understanding Poetry. Beijing: Foreign Language Teaching and Research Press, 2004.

Bruder, p. Helen, ed. Women Reading William Blake. New York: Palgrave Macmillan, 2007.

Clark, Steve, ed. Blake, Modernity and Popular Culture. New York: Palgrave Macmillan, 2007.

De Luca, Vincent Arthur. Words of Eternity: Blake and the Poetics of the Sublime. Princeton, N. J. : Princeton University Press, 1991.

Eaves, Morris, ed. The Cambridge Companion to William Blake. New York: Cambridge University Press, 2002.

Hirsch, E. D. Innocence and Experience: An Introduction to Blake. Chicago: University of Chicago Press, 1975.

Hulse, Michael. Charles Simic in Conversation with Michael Hulse. London: BTL, 2002.

Hutchings, Kevin. Imagining Nature: Blake's Environmental Poetics. Montreal: McGill – Queen's University Press, 2002.

King, James. William Blake, His Life. New York: St. Martin's Press, 1991.

Marsh, Nicholas. William Blake: The Poems. New York: Palgrave, 2001.

Nuttall, A. D. The Alternative Trinity: Gnostic Heresy in Marlowe, Milton, and Blake. Oxford: Clarendon Press, 2007.

Richey, William. Blake's Altering Aesthetic. Columbia, Mo. : University of Missouri Press, 1996.

Rix, Robert. William Blake and the Cultures of Radical Christianity. Aldershot, Hants: Ashgate, 2007.

Schneider, Matthew. The Long and Winding Road From Blake to the Beatles. New York: Palgrave Macmillan, 2008.

Tambling, Jeremy. Blake's Night Thoughts. New York: Palgrave Macmillan, 2005.

Williams, Nicholas M., ed. Palgrave Advances in William Blake Studies. New York: Palgrave Macmillan, 2006.

Wolfreys, Julian. Writing London. Vol. 3. Inventions of the City. Basingstoke, Hampshire: Palgrave, 2007.

Woodring, Carl and James Shapiro. The Columbia History of British Poetry. Beijing: Foreign Language Teaching and Research Press, 2004.

后　记

1757年11月28日，英国诗人威廉·布莱克（William Blake）诞生于伦敦布罗德大街（Broad）28号。1827年8月12日，布莱克去世，临终时吟唱着在天国见到的景象。

像许多天才一样，布莱克生前默默无闻。由于他的艺术过于大胆、独特，远远超越他的时代，以致在18世纪末及19世纪初都难以被人们接受。直到20世纪，布莱克作为诗人与艺术家，他的现代风格和他惊人的想象力才得到承认。

其实布莱克始终关注着他所生存的时代，他一直对生命及他周围的世界有着认真的、痛苦的、独立的思考：

难道我不是
像你一样的飞蝇？
或者你不是
像我一样的人？

……
那么，我就是
一只幸福的飞蝇，
无论我活着
抑或失去生命。

生命无常，人的生存状态和命运与一只小小的飞蝇无异。

"爱不谋求自身惬意，
也不把自身放在心上，
却为了他人献出安逸，
在绝望的地狱建起天堂。"

受着牛蹄的践踏，
一个小泥块这样唱着，
但溪中的卵石
也婉转唱出适合的歌：

"爱只谋求自身惬意，
并迫使别人一同快活，
别人失去安逸它欢喜，
偏在天堂建地狱一座。"

这是截然不同的两种人。这两种人相依相生，也许在每个人身上都有这两种人的影子。

布莱克对司空见惯的不平等的社会现象深恶痛绝，他最关心孩子的命运，他对孩子遭受的苦难给予深切的同情，他是孩子的代言人：

雪地里有个黑乎乎的小东西，
"扫烟！扫烟！"喊着凄凉的调子！
"你的爸爸妈妈在哪里，知道吗？"
"他们俩上教堂做祷告去啦。

>>> 后记

"因为从前我在野地里很快活，
还在冬天的雪地里笑嘻嘻，
他们就给我穿上这身丧服，
并教我唱这凄凉的调子。

"因为我心情快乐，又跳又唱，
他们就以为对我并没造成损伤，
便去赞美上帝、神父和国王，
他们用我们的痛苦建造天堂。"

布莱克不满足于仅仅描写种种社会现象，他深入挖掘丑恶的现象背后的社会根源。爱情、哲学、宗教、人生、自然、社会，布莱克的目光遍及他周围的世界。他的诗时而明朗、时而晦涩，但始终不变的是他的真诚。

1995年大学毕业后我即着手阅读、翻译布莱克的诗歌，迄今20余载。其间人事变迁，世事纷扰，令人唏嘘。

感念对布莱克诗歌倾情翻译的翻译前辈卞之琳、穆旦、梁宗岱、杨苡、张炽恒、屠岸等。我循着他们的足迹前行，时而踉跄，时而从容。感念一切促成此书面世的人与缘。

特别感谢李茂峰，他对我的诗歌译文提出很多中肯的修改意见。

王艳霞